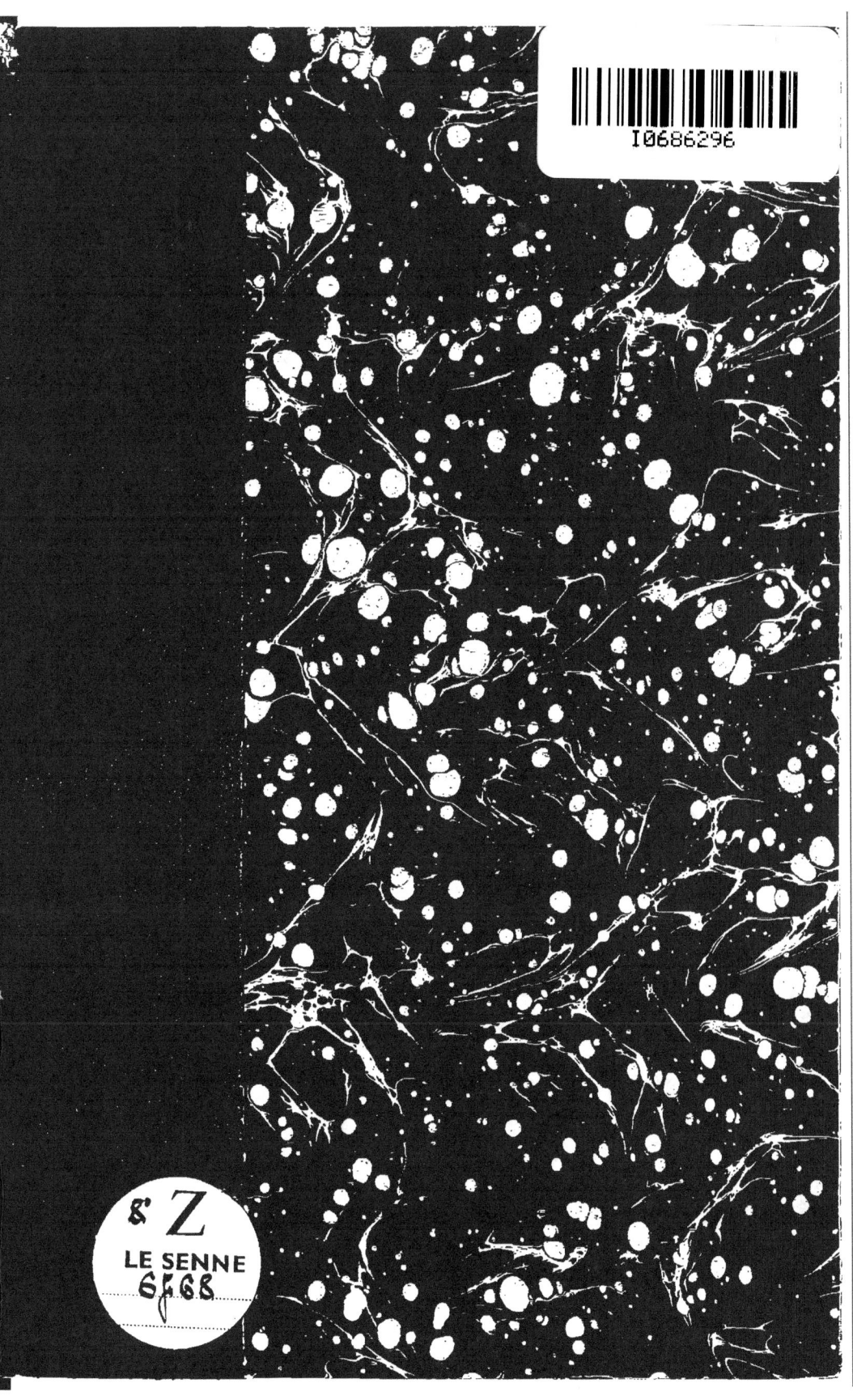

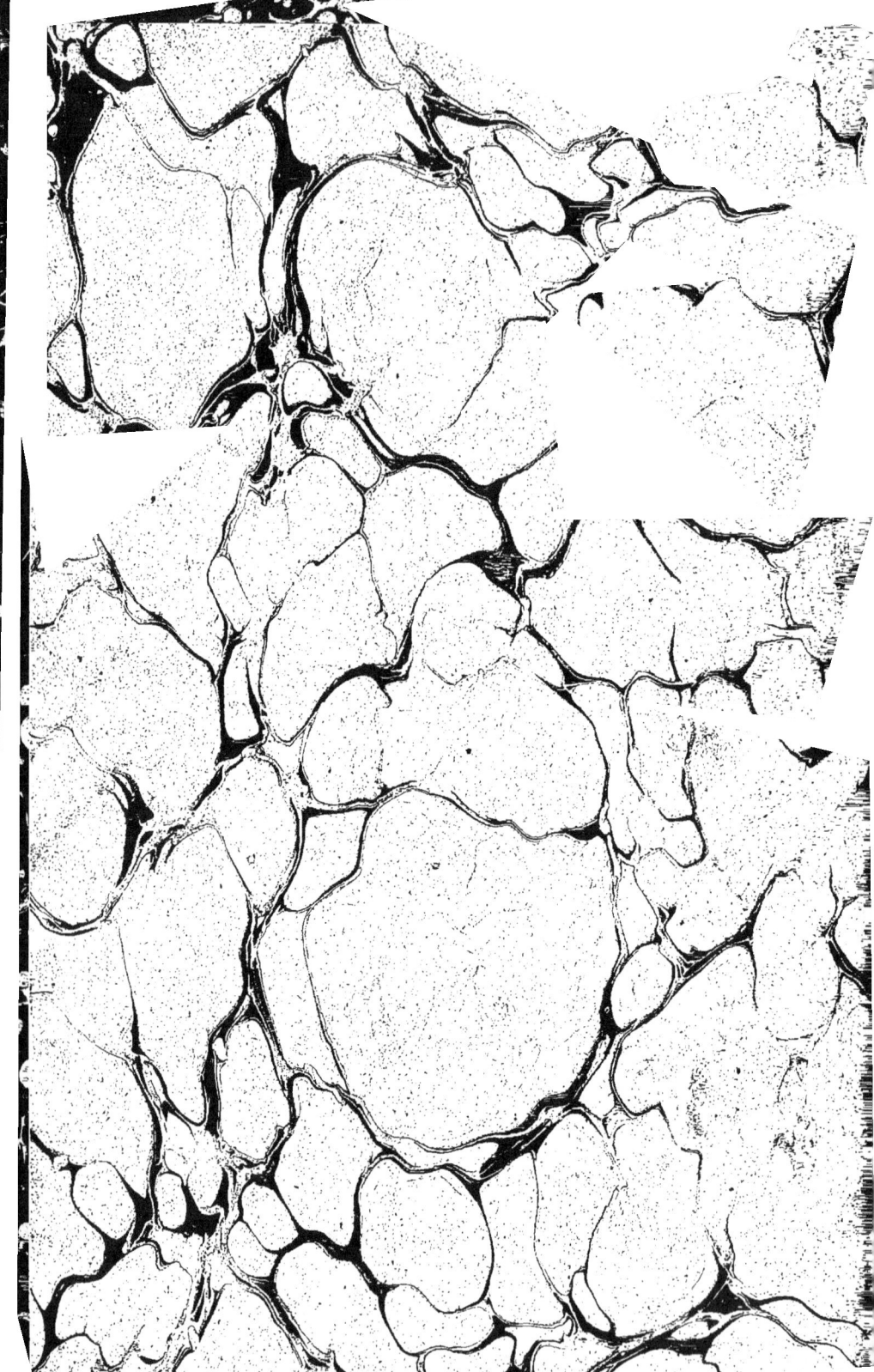

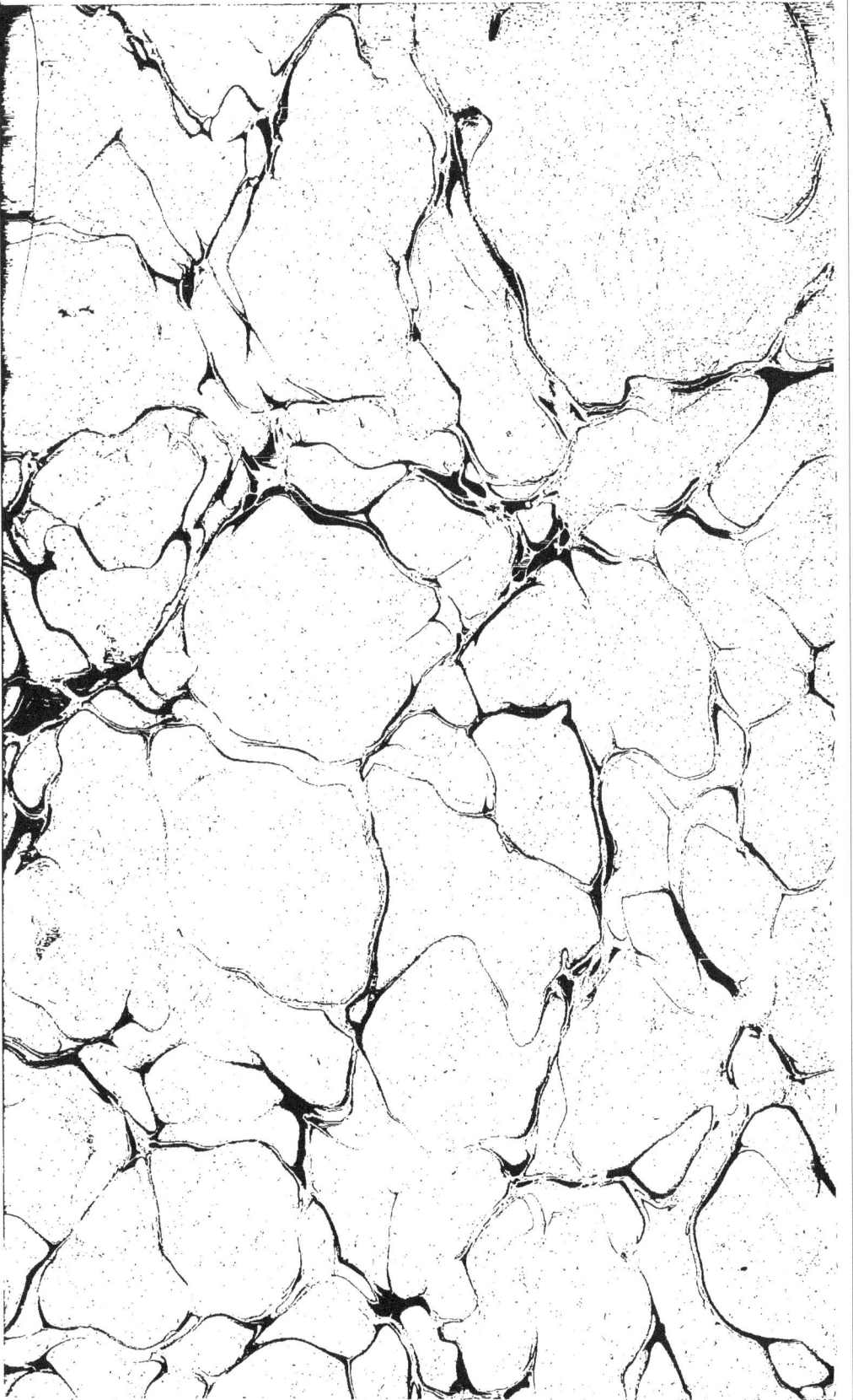

J.-J. ROUSSEAU

ET

HENRIETTE

JEUNE PARISIENNE INCONNUE

MANUSCRIT INÉDIT DU XVIIIe SIÈCLE

PUBLIÉ PAR

HIPPOLYTE BUFFENOIR

PARIS

LIBRAIRIE HENRI LECLERC

219, RUE SAINT-HONORÉ, 219

et 16, rue d'Alger.

—

1902

J.-J. ROUSSEAU

ET

HENRIETTE

PRINCIPAUX OUVRAGES DU MÊME AUTEUR

J.-J. ROUSSEAU

ET

HENRIETTE

JEUNE PARISIENNE INCONNUE

MANUSCRIT INÉDIT DU XVIIIe SIÈCLE

PUBLIÉ PAR

HIPPOLYTE BUFFENOIR

PARIS

LIBRAIRIE HENRI LECLERC

219, RUE SAINT-HONORÉ, 219

et 16, rue d'Alger.

—

1902

AVANT-PROPOS

Par la publication de la *Nouvelle Héloïse* en 1759, et de l'*Émile* en 1762, Jean-Jacques Rousseau donna aux âmes une telle émotion, et aux esprits une telle secousse qu'il devint l'objet de l'attention générale, et que de tous les points de l'horizon on lui écrivit et on le consulta comme un arbitre moral, un ami plein d'expérience, un philosophe possédant la sagesse et le secret du bonheur.

Les intelligences inquiètes s'adressèrent à lui pour se diriger dans la vie, les cœurs avides songèrent à l'interroger, les désenchantés du sentiment vinrent lui redemander l'espérance. Son génie rayonna à un tel point que l'on vit même des hommes d'Etat solliciter du puissant penseur une Constitution pour leur pays.

Forcé de quitter la France, au mois de juin 1762, après la publication de l'*Émile*, et réfugié à Motiers-Travers, dans le comté de Neuchâtel, Rousseau, durant l'espace de quelques années, reçut une correspondance considérable, émanant de tous les rangs de la société. Princes, grands seigneurs, duchesses, marquises, bourgeoises, savants, érudits lui faisaient parvenir des lettres de divers points de l'Europe sur les sujets les plus variés, et il répondait avec ce charme pénétrant, cette éloquence entraînante qui sont sa marque distinctive.

Les femmes surtout lui écrivaient, épouses, amantes, mères, jeunes filles. Maître, on le sait, dans l'art de rendre toutes les tendresses humaines, il les captivait, et devenait pour elles un guide, un appui, une conscience.

C'est le privilège des grands écrivains de mœurs, des grands poètes et des grands orateurs d'attirer ainsi les regards de l'humanité tourmentée, de répandre des clartés bienfaisantes, et d'apparaître comme des consolateurs et des amis au milieu des désastres, des naufrages et des deuils de l'existence.

*
* *

Nous avons eu la bonne fortune, grâce à M. Henri Leclerc, à qui les lettrés devront cette découverte, de mettre la main précisément sur un manuscrit du dix-huitième siècle qui renferme la correspondance d'une jeune fille avec Rousseau, pendant son séjour à Motiers-Travers, séjour qui, on le sait, dura du 10 juillet 1762 au 8 septembre 1765.

Les lettres de cette jeune fille, dont le prénom d'Henriette seul est connu, sont inédites ; du moins nous le pensons, après avoir fait les recherches nécessaires. Lorsqu'il s'agit d'affirmations de ce genre, il convient d'être d'une extrême prudence, comme l'écrivait récemment un savant professeur au sujet d'une lettre importante d'un des personnages les plus en vue de la Révolution.

Quant aux réponses de Rousseau, qui sont au nombre de trois, deux sont connues et figurent à la correspondance de l'écrivain, mais la troisième est inédite : En tous cas, nous ne l'avons trouvée dans aucune édition des œuvres du philosophe, ni dans aucune étude qui le concerne.

Le manuscrit que nous publions a appartenu à M. Monmerqué, le célèbre érudit, mort en 1860. A la première page il a écrit, en 1842, la note suivante qui est une sorte d'historique de ce petit ouvrage :

Ce livre m'a été donné par le bouquiniste Durand, qui étalait sur le quai d'Orsay. Il est mort dans le mois d'octobre dernier. J'avais rendu service à ce genre de libraires, en me faisant leur défenseur auprès de M. le Préfet de Police, aussi Durand ne voulut jamais mettre un prix à ce manuscrit.

J'ai d'abord cru que l'ouvrage avait été imprimé ; je suivais la pensée que donne la préface. C'était il y a environ un an. Je fus confirmé dans cette opinion en voyant que les deux premières lettres de Rousseau, qui sont ici, étaient imprimées dans l'édition Musset-Pathay, tome XX, pages 143 et 219, sous les dates des 7 mai 1764, et 4 novembre suivant.

Examinant de plus près ce petit manuscrit, je viens de reconnaître que la troisième lettre de Rousseau du 25 octobre 1770 n'a pas été imprimée. Les lettres d'Henriette à Rousseau sont encore inconnues : Cette demoiselle est appelée dans la correspondance Mademoiselle D. M., et malgré toutes ses recherches, Musset-Pathay n'a pas pu découvrir son nom, ni se procurer aucun renseignement sur elle.

Ainsi, il faut regarder ce manuscrit comme un projet d'édition qui n'a pas été mis à exécution.

Ce 2 décembre 1842.

MONMERQUÉ.

Acquis à la vente Monmerqué par la librairie Techener, le manuscrit d'Henriette avait reposé paisiblement jusqu'à ce jour au fond d'une bibliothèque. Notre zèle pour Jean-Jacques l'a arraché à ce long sommeil des documents et des livres rares, et nous le livrons au public lettré, avide toujours de connaître davantage et de mieux ressentir le magique entraînement du dix-huitième siècle.

* * *

Henriette, la correspondante parisienne du citoyen de Genève, est donc inconnue par son nom et sa famille. Mais, par ses lettres et son manuscrit, nous connaissons l'ambition de son cœur et de son esprit, l'état de son âme, les malheurs de sa vie, sa résignation, ses vertus, et c'est là, en définitive, que réside tout l'intérêt de cette publication. Un nom propre y ajouterait peu.

Nous ne venons pas satisfaire vainement la curiosité du lecteur par un document nouveau, nous lui apportons un élément fort intéressant de méditation et d'entretien. D'ailleurs, lorsqu'il s'agit de Rousseau, il ne peut guère en être autrement.

Henriette est une jeune fille de bonne et riche famille, qui a reçu une éducation soignée, et dont l'intelligence est remarquable, les pensées élevées, l'idéal haut placé. Elle perd les siens, elle perd aussi presque toute sa fortune. Que va-t-elle devenir au milieu du vaste et tumultueux Paris ?

Elle ne peut plus prétendre à un mariage brillant qu'elle avait entrevu dans son monde ; elle est fière, ne veut pas se livrer à une mésalliance, et, pour trouver une consolation et donner, en même temps, un aliment à ses facultés actives, elle prend la résolution de se livrer à l'étude, d'approfondir les lettres, les sciences, la philosophie.

Sur ces entrefaites, elle lit la *Nouvelle Héloïse* et

l'*Emile*, et elle est ensorcelée comme toutes les femmes de l'époque. Elle éprouve cependant un grand chagrin, car elle voit que Rousseau, qu'elle admire et qu'elle aime, et qu'elle considère comme un mentor, condamne dans une femme ces grands goûts d'étude et de science, et ne veut pas qu'elle devienne bel esprit. Sans doute, la femme, d'après lui, ne doit pas rester dans l'ignorance, mais elle doit viser aux talents agréables plutôt qu'aux recherches abstraites pour lesquelles, en réalité, la nature ne l'a point faite.

Henriette rêvait d'apprendre beaucoup, d'acquérir de nombreuses connaissances, bref de devenir savante, mais quel trouble en elle quand elle a lu au Livre V de l'*Emile*, le passage terrible où Rousseau s'écrie :

J'aimerais encore cent fois mieux une fille simple et grossièrement élevée, qu'une fille savante et bel esprit qui viendrait établir dans ma maison un tribunal de littérature dont elle se ferait la présidente. Une femme bel esprit est le fléau de son mari, de ses enfants, de ses amis, de ses valets, de tout le monde.

De la sublime élévation de son beau génie elle dédaigne tous ses devoirs de femme, et commence toujours par se faire homme à la manière de Mademoiselle de Lenclos. Au dehors, elle est toujours ridicule et très justement critiquée, parcequ'on ne peut manquer de l'être aussitôt qu'on sort de son état, et qu'on n'est point fait pour celui qu'on veut prendre.

Toutes ces femmes à grands talents n'en imposent jamais qu'aux sots. On sait toujours quel est l'artiste ou l'ami qui tient la plume ou le pinceau quand elles travaillent ; on sait quel est le discret homme de lettres qui leur dicte en secret leurs oracles. Toute cette charlatanerie est indigne d'une honnête femme. Quand elle aurait de vrais talents, sa prétention les avilirait.

Sa dignité est d'être ignorée ; sa gloire est dans l'estime de son mari ; ses plaisirs sont dans le bonheur de sa famille. Lecteur, je m'en rapporte à vous-même ; soyez de bonne foi : lequel vous donne meilleure opinion d'une femme en entrant dans sa chambre, lequel vous la fait aborder avec plus de respect, de la voir occupée des travaux de son sexe, des soins de son ménage, environnée des hardes de ses enfants, ou de la trouver écrivant des vers sur sa toilette, entourée de brochures de toutes sortes et de petits billets peints de toutes les couleurs ? Toute fille lettrée restera fille toute sa vie, quand il n'y aura que des hommes sensés sur terre.

> *Quæris cur nolim te ducere, Galla ? Diserta es.*
>   Martial, XI, 20.

*

* *

C'est après avoir lu ce mordant réquisitoire qu'Henriette évidemment prit la résolution d'écrire à Rousseau, et de lui demander indulgence, car elle n'avait, elle, ni famille, ni mari, ni foyer, ni richesses. La critique de l'auteur d'*Emile* devait l'épargner, ses malheurs lui créaient une existence exceptionnelle.

L'étude, la science avaient brillé devant ses yeux comme un suprême refuge et un dernier espoir. Si elle ne pouvait et ne devait y chercher un abri contre l'infortune, quelle serait sa destinée ?

Il y a là, on le voit, un problème très intéressant, qui rentre dans le cadre des questions féminines si souvent agitées de notre temps.

Henriette trouva, pour parler à Rousseau, des accents touchants. Ses lettres nous ont profondément captivé, certains passages même, je l'avoue, nous ont ému. Le lecteur, je le pense, ressentira la même émotion.

Il y avait là, à n'en pas douter, une intelligence supérieure, une nature d'élite, et j'ajoute de belles facultés de pensée et de style pour fournir une carrière d'écrivain.

Qui ne serait attendri par une sensibilité qui s'exhale en ces termes : « Depuis longtemps, j'ignore le bonheur de me réveiller avec cette douce tranquillité que donne la satisfaction d'exister, à la vue d'une journée paisible et agréable qui s'ouvre devant soi. Le moment du réveil est le moment le plus affreux de mon existence. »

Et ailleurs, au sujet de sa répulsion pour les travaux féminins : « Ai-je donc (comme les épouses et les mères) un objet cher à mon cœur à qui je puisse destiner l'ouvrage de mes mains ? Puis-je, en y travaillant, me transporter comme elles au temps où il sera fini, jouir d'avance de tout le plaisir que j'aurai à le donner à un être cher, de tout celui qu'il aura à le recevoir, l'en parer moi-même, le voir content et satisfait de ce nouveau gage de mes sentiments, lire dans ses yeux le plaisir qu'il goûte à régner sur toutes mes affections et sur toutes mes pensées, et trouver dans la certitude d'être aimée le seul et véritable bonheur ? »

Le manuscrit d'Henriette est rempli de cris analogues, partis du fond du cœur, qui excitent la sympathie et la pitié la plus sincère, la plus généreuse. Quelquefois la phrase est un peu longue, et même un peu lourde, mais la pensée se devine toujours. Nous n'avons rien voulu changer à l'œuvre de cette jeune femme.

Rousseau fut remué, — pouvait-il en être autrement ? — et, malgré une confusion de personnes au début, ses réponses prouvent qu'il désira consoler cette âme en détresse, et chercha à la rattacher à la vie. Nul doute que s'il eut continué à vivre en repos à Motiers-Travers, et n'eût point été obligé de quitter la Suisse, nul doute qu'il ne fût devenu un guide précieux pour la jeune délaissée. Les dons naturels de celle-ci, fortifiés par une bonne éducation, eussent trouvé leur plein développement au contact du philosophe.

Persécuté, celui-ci dut quitter sa retraite et se trouva un moment errant à travers le monde, sans abri, sans foyer, sans patrie. Il ne pouvait dans ces conditions s'occuper davantage de l'infortunée Henriette. Quand elle s'adressa de nouveau à lui, en 1770, à son retour du Dauphiné à Paris, il était trop tard, Rousseau n'avait plus ni les loisirs, ni la volonté de sauver du naufrage cette âme désemparée.

Henriette alors, en désespoir de cause, eut l'heureuse pensée de relire avec plus d'attention les œuvres de l'écrivain et de les étudier à fond. Elle y trouva enfin ce qu'elle cherchait, un point d'appui moral efficace. A défaut de l'homme, elle eut ses impérissables ouvrages, et éclairée par eux, elle goûta un bonheur plein d'une douce résignation et plein de dignité. « L'amitié d'un grand homme est un bienfait des dieux, » a dit le poète. C'en est un aussi de savoir le comprendre et l'admirer.

La fin du manuscrit de la jeune femme est d'une éloquence communicative, et son appel à la vertu et à la pratique du bien est admirable.

Le sort qu'elle éprouva se répète souvent, aujourd'hui comme autrefois. En écoutant les plaintes de cette Henriette mélancolique, de cette Parisienne d'un siècle disparu, je songeais aux angoisses de quelques jeunes femmes que j'ai rencontrées sur ma route, et qui, comme la correspondante de Jean-Jacques, ont connu des réveils pleins d'amertume et des jours bien pénibles à traverser.

Qui sait ? Le récit d'une infortune passée contribuera peut-être à sauver d'un isolement funèbre les Henriettes de nos jours.

HIPPOLYTE BUFFENOIR.

MANUSCRIT D'HENRIETTE

I. — EXPLICATION PRÉLIMINAIRE.

Je donne à l'impression ces lettres de M. Rousseau. Tout ce qui vient de cet homme célèbre pour tous, et respectable pour quiconque l'a bien connu, ne peut manquer d'intéresser. Moi, je trouve, en les rendant publiques, l'occasion d'acquitter en quelque sorte ma reconnaissance, en lui faisant hommage de ce que je lui dois, et je lui dois beaucoup, la paix du cœur. C'est en le méditant, c'est en me nourrissant de ces vérités si touchantes que lui seul, en convaincant l'esprit, a l'art de faire passer au cœur, que j'ai appris à connaître la route qui mène au bonheur; c'est lui en un mot qui m'a appris à vivre.

Je donne aussi mes lettres qui sont nécessaires à l'intelligence des siennes ; les unes et les autres pourront être utiles aux jeunes personnes de mon sexe. Dans ce siècle, il en est certainement plus d'une dont l'infortune, si elles sont honnêtes et sensibles, semble condamner la jeunesse et les chagrins. Que mon exemple puisse leur servir, et leur apprendre à se défier des conseils de l'amour-propre, qui les trompera toujours quand elles ne prendront que lui pour conseil et pour guide.

2

II. — Première lettre d'Henriette a j.-j. rousseau
a motiers-travers.

Paris, avril 1764.

Monsieur,

N'ayant pas l'honneur d'être connue de vous, il vous paraîtra singulier sans doute que je fasse la démarche de vous écrire ; peut-être même vous paraitrai-je ridicule, quand, aux premiers mots, vous apercevrez le sujet de ma lettre. Mais pourquoi le craindrais-je ? Vous connaissez trop le cœur humain pour ne pas connaître aussi tous les mouvements dont il peut être agité. Le mien a besoin d'une entière ouverture ; je ne la puis faire utilement qu'à vous, Monsieur, je ne me sens cette confiance qu'en vous : je l'ai parceque vous êtes le seul dont la manière de raisonner me plaise, me convienne, m'éclaire, me persuade.

Vos principes me paraissent les plus vrais, les plus clairs et les plus solides, les plus d'accord avec la nature, l'expérience et la raison : je dis cela, non pour vous faire un compliment, je n'ai point cette vanité, mais seulement pour justifier une témérité que le désir seul de mon bonheur a pu m'inspirer.

D'ailleurs, comme c'est dans vos ouvrages, Monsieur, que j'ai trouvé une pierre d'achoppement à l'espèce de bonheur que je me proposais, ce m'est encore une raison de plus de désirer vos conseils. Qui peut mieux que vous-même étendre ou restreindre vos pensées pour en faire, selon les différentes circonstances, une juste application ?

Je tremble de vous indiquer, Monsieur, l'endroit du Livre d'*Emile* qui a occasionné ce trouble dans mes idées : je crains que vous ne me preniez d'abord pour une de ces ridicules que vous condamnez à si juste titre. Cet endroit est celui où vous parlez des femmes savantes. Là dessus vous dites des choses vraies, et trop vraies pour ne m'avoir pas beaucoup chagrinée.

Soyez cependant persuadé, Monsieur, que je ne suis point une de ces femmes savantes ; je ne sais rien tout à fait bien, et je cherche encore moins à paraître savoir. J'avais seulement formé le projet de me livrer à ce genre d'occupations, qui donne la réputation de savante, mais comme je ne l'avais formé que d'après des raisons solides prises dans la considération de mon bonheur, j'y tiens encore assez pour ne pouvoir l'abandonner, sans vous avoir demandé s'il ne peut en cela, comme en toute autre chose, y avoir des cas où l'on soit hors de la règle générale, et si vous me jugeriez dans l'exception. Alors, ce qui est un travers en général pourrait devenir pour moi une chose raisonnable, utile, peut-être même nécessaire. C'est ce que je soumets à votre examen.

Pour faciliter cet examen, Monsieur, et pour que vous puissiez bien juger de ce qui peut me convenir, il est nécessaire de vous dire ce que je suis par mon caractère naturel, et par les différentes circonstances où je me suis trouvée. Mon histoire abrégée et fidèle me fera mieux connaître que des raisonnements.

Je ne dissimulerai pas les choses dont mon amour-propre pourrait souffrir. Je sais que je parle à un philosophe qui connait la marche du cœur humain, et qui sait être indulgent. D'ailleurs, la vérité est nécessaire si je veux obtenir de vous un conseil qui me soit utile, propre, adapté à mon caractère, fait, pour ainsi dire, à ma mesure et à ma taille, en un mot qui soit bien pour moi, et par lequel je puisse trouver sinon un vrai bien-être, au moins un mal-être moindre.

Je suis une fille, Monsieur, qui n'est plus ni bien jeune, ni bien jolie ; de plus, je suis sans fortune, c'est-à-dire que je suis fort au-dessous de la médiocre ; cependant je suis née d'un père qui en avait une considérable. J'ai reçu l'éducation qu'on donne ordinairement aux jeunes personnes qui doivent se trouver dans l'aisance toute leur vie ; mais cette fortune a disparu tout à coup comme j'atteignais l'âge où l'on commence à en sentir l'avantage.

Cette catastrophe a été suivie d'une multitude de peines et de chagrins que l'infortune entraîne toujours après elle ; et je ne suis entrée dans l'âge de raison que pour apprendre à me raidir contre le malheur. Trop fière pour prendre des moyens bas, afin de m'en garantir, j'ai langui jusqu'à présent dans une suite constante de chagrins, que ma sensibilité naturelle a multipliés.

Cependant, quoique dans la privation de mes biens, j'ai toujours vécu dans cette espèce de société que l'on appelle

bonne compagnie, ce qui n'a servi qu'à entretenir et fortifier les goûts que l'aisance et l'éducation m'avaient déjà
donnés, et par conséquent à me faire mieux sentir tout ce
qui me manquait.

J'ai passé ainsi 15 à 16 années dans quelques-unes de ces
sociétés, semblables pour le fond, différentes par les ridicules.
Dans les unes et les autres, j'ai appris que l'infortune est un
tort qu'on ne pardonne jamais entièrement, que la mesure
des richesses est toujours la mesure de la considération
qu'on obtient, et que c'est une maladie qui gagne même ceux
qu'on appelle les bons esprits. Voilà ce qui a frappé d'abord
mon attention.

J'appris encore qu'on ne doit point attendre des services
désintéressés, que le moins qu'il puisse en coûter est une
hypothèque sur la liberté. Enfin, je connus assez de choses
dans le cœur humain pour désespérer que le mien fût jamais
content. Il était plein, il avait besoin de s'ouvrir, de se
répandre et de trouver de la consolation, mais je n'avais
personne en qui je puisse avoir cette entière confiance qui
soulage.

Après la révolution qui s'était faite dans ma fortune, différentes raisons m'avaient déterminée à aller demeurer à la
campagne avec des personnes dévotes, que je ne croyais pas
aussi outrées que je les trouvai. Mes idées étaient trop éloi-
gnées des leurs pour que je pusse risquer de les mettre au
jour. Etant donc obligée de renfermer tout en moi-même,
et n'ayant d'ailleurs aucune espèce de distraction, (car dans
cette société tout amusement était proscrit, et tout talent
d'agrément réprouvé), je tombai dans une telle mélancolie,
mon cœur devint si mou, mon esprit si abattu, mon âme si
aigrie que ma santé en souffrit considérablement.

Je restai plus de quatre années dans un état de maladie
auquel tous les remèdes ne pouvaient rien. Enfin, à force de
souffrir et de rêver, je trouvai, puisque je ne pouvais changer mon sort, que je n'avais d'autre moyen de l'adoucir et
d'y devenir supérieure que de m'y rendre moins sensible,
et que rien n'y serait plus propre que de me livrer à une
étude des choses abstraites qui prissent assez sur mon
attention pour la fixer, ou au moins la détourner de ces idées
noires et désespérantes dans lesquelles j'étais plongée.

Cette application me coûta beaucoup d'abord, n'ayant personne pour m'aider, ensuite j'y pris goût, et enfin je me persuadai que peut-être même par la suite ce serait un moyen de me mettre au niveau des autres, en acquérant ce qui manque communément aux femmes. Cette idée me sourit, m'encourage, et tout en tremblant la fièvre et digérant des pilules, je bourrai ma tête de latin, de logique, de métaphysique, etc.

Mon infortune ne me permettait pas de songer à un établissement, il fallait même en détourner ma vue. Quoique je fusse assez bien de figure et de taille, je n'en espérais pas assez pour croire que l'avarice du siècle se relâcherait en ma faveur. C'était avec douleur que je voyais la nécessité de prendre mon parti là-dessus. J'avais été élevée dans des idées d'établissement, d'époux qu'on aime et de qui on est aimée, d'enfants que j'aimerais aussi, de maison à gouverner, d'ordres à donner, d'un état particulier et paisible. Je ne pouvais voir tout cela que par le beau côté, et chacune de ces choses ne me présentait que bonheur, satisfaction, plaisir.

Parvenue avec cette petite provision d'idées à l'âge de 18 ans, elles ne s'étaient pas en allées avec ma fortune. Il n'était pas facile de les perdre, et la douleur d'y renoncer était trop grande; outre mon inclination naturelle qu'il fallait vaincre, il y avait encore l'amour-propre alarmé qu'il fallait consoler. Je ne trouvais rien de si humiliant que d'avoir l'air d'une fille qui a été oubliée, qui attend, et qu'on ne vient point chercher.

Je tirai encore de cette considération un motif de plus pour me confirmer dans la résolution que j'avais prise: Il me semblait que ce genre de vie sérieux était propre à prévenir l'humiliation que je craignais, surtout en y ajoutant un certain ton de philosophie qui put me donner l'air d'être par choix ce que j'étais par nécessité; mais je sentais qu'il fallait encore le persuader, que mon caractère et ma conduite devaient le prouver plus que mes paroles.

Je résolus donc de mouler ma tête, autant que je le pourrais, sur celle que j'imaginais que devait avoir un honnête homme, de prendre ses goûts, ses occupations, sa façon de penser et sa manière de se conduire dans la société, de me défaire de toutes les misères des femmes, et surtout de cet air qui annonce que l'on cherche à plaire.

Je ne sais si je persuadai beaucoup, mais je sais qu'avec toute ma tête d'homme, il me restait toujours un cœur de femme qui se révoltait souvent contre la loi à laquelle je voulais le soumettre. Mes inclinations, données par la nature et fortifiées par l'éducation, étaient mon être même ; les perdre, c'était mourir. J'en sentais cependant la nécessité, et ce cœur sans action, sans vie avait besoin de tout l'orgueil dont j'étais pourvue.

Cet orgueil pouvait seul me donner le courage de me vaincre ; lui seul pouvait me faire entreprendre de substituer d'autres idées à celles qui m'étaient si familières et si chères, de chercher d'autres biens que ceux que je connaissais, de me former d'autres goûts, de me donner d'autres désirs, de voir mon bonheur dans d'autres objets, en un mot de me refondre, de me faire un nouvel être, au moins un être postiche qui sauvât l'humiliation du véritable être.

L'étude se présentait à mes regards comme un secours puissant pour arriver à ce but ; par elle mes différentes vues étaient remplies, les intérêts de mon amour-propre étaient ménagés, et je trouvais les moyens, en amusant l'esprit, de faire illusion au cœur.

Pendant toute mon application, pendant deux ou trois années, je n'ai pu qu'effleurer quelques connaissances et en prendre le goût. De fréquentes et presque continuelles maladies me rendaient l'étude difficile, ensuite différents événements, une succession constante de malheurs, des changements de société, une vie agitée, troublée, un cœur cruellement mis à l'épreuve, tout cela ne m'a pas permis de suivre mon plan.

Je l'ai perdu longtemps de vue, en conservant néanmoins le goût et l'espérance d'y revenir. Enfin le désir seul de mon bonheur et de ma tranquillité m'y a ramenée ; tout l'orgueil et toute la vanité que vous avez vus dans mes premiers motifs n'y sont plus aujourd'hui. Je cherche uniquement une situation d'âme plus calme et plus douce. Ce motif naturel et légitime me fait espérer avec plus de confiance que vous voudrez bien me dire, Monsieur, si je prends le bon chemin, ou si je m'égare.

Toutes ces années de trouble, quelque pénibles qu'elles aient été pour moi, ne sont pas cependant entièrement perdues, puisqu'elles m'ont appris à me connaître. Les diffé-

rentes circonstances où je me suis trouvée, les fautes que
j'ai faites, m'ont développée à moi-même, et voici comme je
ferais mon portrait ; peut-être, Monsieur, ne vous sera-t-il
pas inutile pour me juger.

Les passions fortes et vives, cependant douces et complai-
santes ; le caractère facile, aimant l'amusement et le plaisir ;
naturelle et vraie, ambitieuse de la considération et de l'estime,
sensible à la louange, indifférente à la gloire qui ne se tire
que du faste, des richesses ; cependant désirant la fortune,
mais n'en faisant cas qu'autant qu'elle donne plus d'indépendance, qu'elle facilite tous les moyens de tirer parti de
soi et de se mettre dans toute sa valeur ; pleine d'amour-
propre ; d'une sensibilité extrême ; l'imagination trop active,
le cœur trop tendre ; dure et sèche quand je suis blessée,
fière dans l'âme, volontaire, décidée et cependant timide au
point de m'en laisser imposer par les gens mêmes que j'estime
le moins ; accordant tout à l'amitié, ne cédant rien à l'empire
et à la menace, m'aigrissant par les contrariétés, me muti-
nant contre l'adversité ; ayant aisément tort, l'avouant encore
plus aisément ; tous les premiers mouvements difficiles à
contenir ; n'ayant point de goût médiocre et n'aimant le
médiocre en rien ; m'ennuyant de tout ce qui n'intéresse ni
le cœur ni l'esprit, et par conséquent m'ennuyant souvent ;
ne pouvant supporter de ne tenir à rien ni que rien tienne à
moi ; cherchant toujours l'amitié et me désolant de voir
qu'elle n'est presque plus qu'une chimère.

Voilà, Monsieur, comme je me vois lorsque je réfléchis sur
ma conduite et sur toutes les actions de ma vie. De plus, il
me semble encore que mon caractère a toujours été le même
et n'a point varié. La tournure de mon esprit n'a éprouvé de
changement que celui qui suit le progrès et le développement
des idées ; ce progrès et l'expérience ont réformé mes opinions, sans rien changer dans mes inclinations et dans mes
goûts.

Les objets de mon orgueil et de mon amour-propre sont
aujourd'hui différents, je suis moins dépendante des préjugés et de l'opinion générale ; mais j'en tiens bien davantage
à l'opinion particulière de ceux que j'estime. Je ne regrette
plus un établissement, parceque la connaissance des mœurs
du siècle ne m'y laisse plus voir le bonheur que je croyais
qu'on y pouvait trouver, mon orgueil seul aurait moins souf-

fert, mais j'ai toujours plus cherché le bonheur du cœur que celui de la vanité.

Cette observation sur la nature constante de mon caractère doit vous faire voir, Monsieur, combien il serait difficile, même impossible de le changer. Je ne pense pas que vous me le conseillerez, mon effort serait vain et ne servirait qu'à me rendre encore plus malheureuse. Comme vous le dites vous-même, le caractère tient aux inclinations, les inclinations au cœur, et le tout à l'organisation qui ne dépend pas de nous.

Permettez-moi encore, Monsieur, quelques détails sur l'état habituel de mon âme. La douleur s'est si fort empreinte dans cette âme par tous les chagrins qui forment le tissu de ma vie, qu'elle en est comme imbibée. Depuis longtemps j'ignore le bonheur de me réveiller avec cette douce tranquillité que donne la satisfaction d'exister à la vue d'une journée paisible et agréable qui s'ouvre devant soi. Le moment du réveil est le moment le plus affreux de mon existence : je sens que c'est un vif serrement de cœur qui m'arrache au sommeil, que c'est le trait perçant de la douleur qui détruit l'engourdissement de mes sens, et que la crainte et l'effroi du réveil est ce qui l'achève.

Rendue au jour et à la vie par des sentiments aussi pénibles, je me retrouve isolée dans toute la nature, mille idées tristes et confuses s'assemblent, elles forment un nuage épais qui semble m'envelopper : Je cherche à l'éloigner, je me débats, je regarde autour de moi, je considère tout ce qui m'environne, et je ne vois rien qui me console, j'appelle la raison, je la vois, je l'entends, mais rien ne me parle au cœur ; et le regret de ne pouvoir prolonger le sommeil autant que ma triste durée ajoute encore à mes maux. Quel travail, Monsieur, pour finir avec plus de sérénité des journées commencées dans de pareilles ombres !

Voilà ce que j'éprouve tous les jours, à moins que le hasard ne me présente quelque chose à faire pour moi, ou pour d'autres, qui m'intéresse assez pour en être fortement préoccupée, mais ces occasions sont très rares, et ne dépendent pas plus de moi que l'intérêt que j'y peux prendre. Car, vous le savez, Monsieur, on ne force point le cœur, il ne s'intéresse qu'à ce qu'il veut, et il reste toujours malheureux tant qu'il n'est point servi à son goût, tant que son activité ne trouve point de prise, et ne porte sur rien, tant qu'il ne trouve point où s'arrêter, et qu'il est pour ainsi dire toujours hors d'haleine.

Ce que je puis donc faire de mieux est de chercher à l'endormir, en fixant l'esprit par les objets les plus capables de prendre son attention. L'intérêt d'abord pourra être faible, mais l'habitude, mais la curiosité qui se réveillera, mais la vanité qui s'y mêlera, tout cela pourra former avec le temps une passion qui aura son effet, et ne serai-je pas trop heureuse si j'acquiers quelque tranquillité, même au prix d'un ridicule.

Vous me direz peut-être, Monsieur, que les ouvrages ordinaires de mon sexe doivent suffire pour m'occuper et m'empêcher de m'ennuyer, mais outre que c'est moins à l'ennui qu'au malaise de l'âme que je veux remédier, c'est que ce travail, ne m'occupant que les doigts, je ne puis l'aimer que lorsque je suis en cercle, parce qu'il me dispense de parler. Seule, j'ai beau tourner mon aiguille d'un sens ou de l'autre, tout cela se fait machinalement et sans que l'attention y soit pour rien.

C'est même alors que mon imagination se promène et s'égare tout à son aise, qu'elle rassemble mille idées que la tristesse de mon cœur lui fournit, qu'elle me retrace tous mes chagrins, qu'elle me présente les plus sombres chimères, et qu'elle appelle la douleur de tous les points de mon existence. Mon cœur oppressé se serre, et se brise, et, alors, ou je tombe dans l'abattement, ou un dépit impuissant pénètre mon être par tous les pores, et me rend la vie odieuse.

Dans une situation d'âme plus heureuse, broder ou filer peut devenir un amusement, mais dans celle où je suis, cette occupation n'en est pas une : D'ailleurs, un ouvrage ne plaît qu'à proportion de l'intérêt qu'on y met. Eh! quel intérêt puis-je y mettre ? Qu'une femme, une mère de famille se livrent aux travaux de leur sexe, je les vois soutenues par mille idées agréables, qui ne leur laissent pas même sentir le besoin d'une autre occupation.

C'est un époux dont elles veulent mériter par leurs soins l'estime et la tendresse : C'est un fils, une enfant tendrement chérie dont elles aiment à retrouver l'idée dans tout ce qu'elles font pour eux. Ai-je donc comme elles un objet cher à mon cœur à qui je puisse destiner l'ouvrage de mes mains ?

Puis-je, en y travaillant, me transporter comme elles au temps où il sera fini, jouir d'avance de tout le plaisir que j'aurai à le donner à un être chéri, de tout celui qu'il aura à le recevoir, l'en parer moi-même, le voir content et satisfait de ce nouveau gage de mes sentiments, lire dans ses yeux le plaisir qu'il goûte à régner sur toutes mes affections et sur toutes mes pensées, et trouver dans la certitude d'être aimée le seul et véritable bonheur ?

Voilà, Monsieur, les plaisirs que la nature avait préparés à notre sexe ; mais ces plaisirs ne sont pas faits pour moi. Ne pouvant être occupée par de si doux intérêts, qu'est-ce qui fixera mon esprit, pendant que ma main tournera mon aiguille ? Mon âme n'est point dans une situation assez douce pour la laisser à elle seule, j'ai trop besoin de m'éloigner de moi-même, et d'aller loin de mon cœur perdre le sentiment de l'ennui et de la douleur secrète qui le déchire.

Il faut donc m'étourdir, il faut donc substituer aux devoirs que mon état ne me permet point quelque chose d'assez fort pour m'empêcher de sentir qu'il ne me prescrit rien ; une étude choisie, en excitant ma curiosité, pourrait fixer mon attention, absorber toutes mes idées, et rétablir peu à peu le calme de mon cœur.

Cette occupation, il est vrai, n'est ni dans l'ordre naturel, ni à sa place ; mais c'est que je n'y suis pas moi-même, et ce n'est pas ma faute ; ce n'est pas moi qui ai voulu sortir de cet ordre dans lequel je serais restée par mon penchant naturel et par mon caractère. M'en trouvant rejetée par les suites et les conséquences nécessaires des usages et des préjugés de ce siècle, pourquoi aiderais-je au sort à me rendre encore plus malheureuse en m'obstinant à vouloir y demeurer malgré lui ? La société m'ayant annulée pour elle, en me rendant un hors-d'œuvre qui ne rime et ne cadre à rien, pourquoi m'obstinerais-je à cadrer à quelque chose ? Pourquoi ne l'annulerais-je pas aussi à mon égard, au moins quant à ses jugements sur moi ? Elle n'a rien à faire pour mon bonheur, pourquoi me rendrais-je l'esclave de ses opinions ? Moi, isolée, je ne suis d'aucun sexe, je suis seulement un être pensant et souffrant, qui reste là aux alentours d'une société où on ne m'a point donné de place, comme une pierre, que l'on n'a point employée, reste près d'un bâtiment dont elle n'a pu faire partie. Elle n'est ni pierre d'angle, ni pierre d'appui, on n'en a rien fait, elle n'est seulement qu'une pierre que l'on range pour ne pas embarrasser les passants.

Moi, en raison du sentiment que j'ai de plus qu'elle, je me range moi-même, pour ne pas recevoir le choc des passants, et je choisis non la place qui irait le mieux à cet assemblage avec lequel je n'ai plus rien de commun, mais celle où je puis être le moins mal. En un mot, il me semble que ne pouvant être pour les autres, et n'ayant à exister que pour moi, je ne dois consulter que moi, que mon goût, que mon bonheur particulier. Or, mon bonheur particulier exige que quelque chose me fixe ; lasse d'exister inutile aux autres, et à charge à moi-même, ne me devant à personne et à aucun état, n'ayant ni devoirs marqués à remplir, ni soins à donner au bonheur de qui que ce soit, qui pourrait animer mes actions, leur donner de l'intérêt, de la vie ?

Je vais sans avoir un but certain, sans savoir entendre, avec dégoût, avec ennui, avec le sentiment affreux du vide de mes jours ; rien ne me plaît, rien ne me touche, tout meurt autour de moi, et je meurs moi-même : Pour vivre il faut agir, et agir avec un intérêt quelconque.

Plusieurs fois, j'ai désiré avoir celui de la dévotion, et j'aurais donné tout au monde pour devenir une de ces dévotes passionnées qui voient Dieu en toutes choses, qui traitent avec lui comme avec leur ami, et qui sont intimement convaincues, chacune en elle-même, qu'elle est l'objet de la plus particulière attention. Mais, j'aurais voulu l'être de bonne foi, par persuasion et par sentiment. J'ai pris tous les moyens que j'ai cru capables de faire naître cette passion, mais, au contraire, ils n'ont malheureusement servi qu'à m'en éloigner davantage.

Depuis, dégoûtée d'un monde trompeur, souffrante du mauvais état de mes affaires, fatiguée de démarches inutiles pour les arranger, rebutée de mille fausses espérances, détachée d'amis en qui je ne trouvais que de la fausseté ou de la faiblesse, j'avais formé la résolution de me retirer dans quelque campagne éloignée des villes, et là d'être seule avec le simple et pauvre habitant des champs.

Quels plaisirs, me disais-je, quel bonheur puis-je me promettre dans un monde où mon infortune m'ôte tout pouvoir, où je ne vis que pour éprouver l'agonie continuelle de mes goûts et de mes désirs ? Là, au contraire, mon cœur trouvera au moins une sorte de vie dans la satisfaction de quelques-uns de ses penchants : Il pourra s'ouvrir, se répandre, se délasser de l'éternel tourment de se rouler sans cesse sur lui-même : Une plus grande économie m'ouvrira une route au bonheur, elle me donnera le pouvoir de soulager des malheureux, d'essuyer des larmes, de faire naître la joie dans une famille désolée ; je goûterai les plaisirs les plus vrais, les plus touchants, et mon existence cessera de m'être à charge dès qu'elle commencera à être utile aux autres.

Je m'enivrais de ces douces chimères, lorsque le hasard me fit rencontrer avec des personnes qui me firent une peinture affligeante de la mauvaise foi, de l'ingratitude et de la méchanceté du paysan. Je tombai dans l'incertitude, et si je ne crus pas tout, j'en crus toujours assez pour que la crainte d'en faire une triste expérience et celle de me repentir d'une démarche qu'il aurait fallu soutenir, par ce qu'elle eût été sue, me retinrent et me firent abandonner ce projet pour reprendre celui de l'étude. Il est le seul auquel je sois toujours revenue constamment. Tous les jours je découvre dans ce projet de nouveaux avantages.

Quelque longue que soit déjà ma lettre, permettez-moi encore de vous parler de celui que j'y vois aussi pour l'avenir. C'est d'embellir les jours de la vieillesse, si tristes par eux-mêmes, et bien plus tristes encore lorsque l'infortune ôte les moyens de contribuer au bonheur des autres, de mettre à la place de soi une maison commode et agréable, des amusements et des plaisirs qui attirent toujours des gens qui amusent en s'amusant entre eux.

Pour remédier à ces suppléments de soi-même, il me semble que je pourrais acquérir, en cultivant mon esprit, des choses qui, étant inséparables de moi, feraient au moins que je serais plus longtemps moi, et que je pourrais, pour ainsi dire, me suppléer à moi-même. En donnant plus d'étendue à ses idées, en exerçant son esprit, il prend plus de force, conserve plus longtemps sa vigueur. L'on peut encore raisonner et parfois répandre de la gaieté, lorsqu'on ne ferait plus que radoter et gronder, si l'on s'était abandonné au désœuvrement et à la tristesse.

Mes plus belles années sont passées, celles qui suivent

rapprochent ce terme lointain, et je frissonne quand je pense à une vieille fille dont la décrépitude est autant l'ouvrage des chagrins que celui des années ; sa figure effacée, son esprit baissé, tout son être détruit n'offrent plus qu'une image repoussante dont on ne se ressouvient que pour la fuir.

Oh ! Monsieur, quel affreux hiver pour les femmes que celui de la vieillesse ! Peut-on trop le prévoir ? Peut-on trop se faire de ressources ? Ce temps triste et nébuleux n'est plus celui de se faire des amis, il faut se les être faits beaucoup plus tôt, trop heureux seulement de pouvoir les conserver, et de les avoir choisis d'une trempe durable. Or, ce n'est guère parmi les femmes qu'une autre femme peut en faire de cette espèce : Quelle ressource leur société offre-t-elle ? En arrivant à cet âge de dépérissement, elles deviennent toutes sédentaires, se tiennent chacune chez elle. Les plus riches veulent bien avoir chez elles celles qui ne le sont pas ou qui le sont moins ; mais, outre la peine de se déplacer quand on est infirme et valétudinaire, c'est qu'il est, selon que vous l'avez pu remarquer, Monsieur, toujours sous-entendu dans une liaison intime entre une femme riche et une fille qui ne l'est pas, que toutes les complaisances et les gênes seront du côté de cette dernière, que, sans faire semblant de rien, elle sera l'esclave des volontés de l'autre, tout haut son amie, et tout bas sa complaisante.

Il faut donc chercher à se former une société dans l'autre moitié de l'espèce humaine. Les hommes, pour les retrouver alors, il faut avoir fait une véritable impression sur eux lorsqu'on était plus jeune, avoir mérité par des qualités réelles leur estime et leur amitié, avoir plu à leur esprit encore plus qu'à leurs yeux ; quand la figure cesse de les intéresser, les réponses qu'ils sont accoutumés de trouver dans votre esprit leur font pardonner la fuite de la jeunesse et de la beauté, mais, pour amuser leur esprit, il faut avoir de quoi leur parler d'autre chose que de colifichets, car les hommes capables d'une liaison solide, je les suppose différents des autres : A peine, comme vous le savez, en trouve-t-on un dans toute une société.

Enfin, si je peux le rencontrer, comment me ferais-je apercevoir de lui, si, ayant le malheur d'être privée de tous les avantages accidentels qui attirent et fixent le plus l'attention, j'ai encore celui de ne pouvoir lui rien dire qui éveille et pique sa curiosité ? On a déjà peu d'intérêt à connaître quelqu'un en faveur de qui la vanité ne dit mot, car mon homme raisonnable en aura aussi sa dose : La seule différence que vous savez bien qu'il y ait à cet égard entre lui et les autres, c'est que dans lui elle est seulement quelque chose, et que dans les autres elle est tout.

C'est donc d'abord un obstacle que je trouverai toujours à vaincre : Pour y réussir, rien ne me paraît plus propre que d'être assez en fonds pour ne pas craindre de laisser apercevoir des ressources qui puissent indemniser la vanité. Cet homme à qui je suppose de l'esprit et des connaissances, qui souvent est réduit à se taire dans un cercle de sots et d'étourdis, pourra être flatté de rencontrer des oreilles qui l'entendent. Plus il me trouvera d'étendue et de justesse dans les idées, de discernement et de capacité pour bien juger de ce qu'il me dira, plus ma conversation lui deviendra intéressante et mon suffrage flatteur : Comme on revient aisément à ce qui flatte, il cherchera à l'obtenir encore ; peu à peu l'habitude se prend, et la liaison se forme.

Que dans l'espace de 8 à 10 ans, j'en puisse rencontrer quelques-uns qui se conviennent après entre eux, pour être bien aise de se trouver ensemble, je me serai formé une petite société qui me suffira, avec laquelle j'achèverai de vieillir doucement et tranquillement, et peut-être avec plus de gaieté que dans un âge dont je serai trop heureuse de perdre jusqu'au souvenir. Quand je dis que l'étude peut me mener là, je n'entends point que ce soit en faisant la savante qui toujours parle, tranche et décide. L'étalage de ce savoir superficiel ou vrai, est toujours ridicule d'ailleurs ; les hommes ne sont pas autant flattés de ce qu'ils entendent que de l'attention qu'on donne à ce qu'ils disent. L'un n'est qu'un amusement, l'autre est un plaisir. Je veux seulement savoir, pour être en état de bien entendre, et de profiter encore dans leur conversation ; avec cela quand je n'exigerai absolument rien d'eux, qu'ils seront entièrement libres de ne venir qu'à leur volonté, sans avoir jamais à craindre de ces reproches qui gênent, assurés d'être toujours bien reçus, de trouver de la bonne humeur, un caractère facile et indulgent, ils pourront souvent préférer ma retraite, où ils seront à leur aise, à une compagnie fort ordinaire où il faut toujours tenir des cartes ou entendre de vagues et insipides propos.

Tel est donc l'avantage que je trouve pour l'avenir dans le plan que je me propose aujourd'hui. Le désir de l'appuyer de toutes les raisons qui peuvent le faire valoir, m'a fait entrer dans de trop longs détails ; peut-être ai-je abusé de votre complaisance, Monsieur ; je puis vous assurer cependant que j'ai cherché à me renfermer dans les bornes les plus étroites, et que cette lettre, toute longue qu'elle est, n'est encore qu'un extrait de toutes mes idées que je n'ai pas le talent de mieux rédiger ; ce travail, car ça en a été un pour moi, m'a prouvé de plus en plus qu'une occupation forte et intéressante m'est nécessaire.

Depuis que j'ai cédé à l'envie de vous écrire et que j'ai pris la plume qui m'est si étrangère, j'ai éprouvé que je passais des heures plus douces. Toujours occupée de ce que je veux vous écrire, voulant en dire assez et craignant d'en dire trop, inquiète de l'impression que vous donnera de moi cette démarche, partagée entre la crainte de vous paraître ridicule, et l'espérance de trouver un guide sûr et indulgent, osant et n'osant plus, constante seulement dans les sentiments d'estime et d'admiration que la lecture de vos ouvrages m'a inspirés, mon imagination varie dans la forme dont elle vous revêt ; quand elle ne me laisse voir que le philosophe, je suis effrayée, je déchire, je brûle tout ; quand elle le pare de tous les traits aimables de la bonté et de l'humanité, je reprends confiance, je me remets à l'aise, et j'écris. Enfin, tout cela m'a formé une occupation d'esprit, assez vive et assez forte pour faire diversion à mes idées ordinaires, et à ce sentiment intérieur qu'il me serait si heureux de perdre.

Je proteste encore une fois contre toute vanité ; je ne cherche point à faire la philosophe, ni le bel esprit, mais seulement à acquérir quelques forces contre moi-même. Je ne suis que l'être le plus faible, mon pouvoir n'a jamais été au-delà de mes actions et de mon extérieur ; au-dedans, déchirée par des passions qui m'ont tyrannisée, le plaisir d'avoir écouté la raison a toujours été étouffé par la douleur d'être obligée de la suivre, et forcée de mourir à tout. Lorsque mes goûts ne mouraient pas, toute ma vie n'a été qu'une agonie continuelle, qu'une mort que j'ai renouvelée à chaque instant.

Malgré tous mes efforts pour fortifier mon opinion, je vous assure, Monsieur, que je n'y tiens que comme à un moyen d'acquérir la tranquillité du cœur. Si vous m'en présentez d'autres dont l'effet soit plus sûr, je m'y attacherai également. Votre conseil que je vous demande pour le suivre, peut seul fixer mes incertitudes, il me deviendra un consolant appui dans les jours nébuleux et sombres où le dégoût et l'ennui se font sentir.

J'ai l'honneur d'être, Monsieur,
Votre très humble et très obéissante servante,

HENRIETTE.

P.-S. S'il arrivait que vous approuvassiez mon projet, Monsieur, je vous serais très obligée de vouloir bien me marquer quelle espèce d'étude vous jugeriez m'être la plus convenable.

III. — RÉPONSE DE J.-J. ROUSSEAU
A LA PREMIÈRE LETTRE D'HENRIETTE.

En écrivant cette réponse, Rousseau pensait que la lettre à laquelle il répondait, quoique datée de Paris, avait été rédigée en réalité à Neuchâtel, et il l'attribuait à une dame qui habitait cette ville à cette époque, et qu'il savait être une savante et un bel esprit en titre. C'est dans cette idée que la réponse est conçue. Le philosophe reconnut plus tard sa méprise, comme le lecteur le verra plus loin dans une seconde réponse à Henriette.

Motiers, le 7 mai 1764.

Je ne prends pas le change, Henriette, sur l'objet de votre lettre, non plus que sur votre date de Paris. Vous recherchez moins mon avis sur le parti que vous avez à prendre que mon approbation pour celui que vous avez pris. Sur chacune de vos lignes je vois ces mots écrits en gros caractères : Voyons si vous aurez le front de condamner à ne plus penser ni lire quelqu'un qui pense et écrit ainsi. Cette interprétation n'est assurément pas un reproche, et je ne puis que vous savoir gré de me mettre au nombre de ceux dont les jugements vous importent. Mais en me flattant vous n'exigez

pas, je crois, que je vous flatte ; et vous déguiser mon sentiment, quand il y va du bonheur de votre vie, serait mal
répondre à l'honneur que vous m'avez fait.

Commençons par écarter les délibérations inutiles. Il ne
s'agit plus de vous réduire à coudre et broder, Henriette ; on
ne quitte pas sa tête comme un bonnet, et l'on ne revient
pas plus à la simplicité qu'à l'enfance ; l'esprit une fois en
effervescence y reste toujours, et quiconque a pensé pensera
toute sa vie. C'est là le plus grand malheur de l'état de
réflexion ; plus on en sent les maux, plus on les augmente ;
et tous nos efforts pour en sortir ne font que nous y
embourber plus profondément.

Ne parlons donc pas de changer d'état, mais du parti que
vous pouvez tirer du vôtre. Cet état est malheureux, il doit
toujours l'être. Vos maux sont grands et sans remède ; vous
les sentez, vous en gémissez ; et pour les rendre supportables,
vous cherchez du moins un palliatif. N'est-ce pas là l'objet
que vous vous proposez dans vos plans d'études et d'occupations ?

Vos moyens peuvent être bons dans une autre vue, mais
c'est votre fin qui vous trompe, parce que ne voyant pas la
véritable source de vos maux, vous en cherchez l'adoucisse-
ment dans la cause qui les fit naître. Vous les cherchez dans
votre situation, tandis qu'ils sont votre ouvrage. Combien
de personnes de mérite, nées dans le bien-être, et tombées
dans l'indigence, l'ont supportée avec moins de succès et de
bonheur que vous, et toutefois n'ont pas ces réveils tristes et
cruels dont vous décrivez l'horreur avec tant d'énergie !
Pourquoi cela ? Sans doute elles n'auront pas, direz-vous,
une âme aussi sensible. Je n'ai vu personne en ma vie qui
n'en dît autant. Mais qu'est-ce enfin que cette sensibilité si
vantée ? Voulez-vous le savoir, Henriette ? c'est en dernière
analyse un amour-propre qui se compare. J'ai mis le doigt
sur le siège du mal.

Toutes vos misères viennent et viendront de vous être
affichée. Par cette manière de chercher le bonheur, il est
impossible qu'on le trouve. On n'obtient jamais dans l'opinion des autres la place qu'on y prétend. S'ils nous l'accordent
à quelques égards, ils nous la refusent à mille autres, et une
seule exclusion tourmente plus que ne flattent cent préfé-
rences. C'est bien pis encore dans une femme qui, voulant

4

se faire homme, met d'abord tout son sexe contre elle, et n'est jamais prise au mot par le nôtre ; en sorte que son orgueil est souvent aussi mortifié par les honneurs qu'on lui rend que par ceux qu'on lui refuse. Elle n'a jamais précisément ce qu'elle veut, parcequ'elle veut des choses contradictoires ; et qu'usurpant les droits d'un sexe sans vouloir renoncer à ceux de l'autre, elle n'en possède aucun pleinement.

Mais le grand malheur d'une femme qui s'affiche est de n'attirer, ne voir que des gens qui font comme elle, et d'écarter le mérite solide et modeste, qui ne s'affiche point, et qui ne court point où s'assemble la foule. Personne ne juge si mal et si faussement des hommes que les gens à prétentions ; car ils ne les jugent que d'après eux-mêmes, et ce qui leur ressemble ; et ce n'est certainement pas voir le genre humain par son bon côté. Vous êtes mécontente de toutes vos sociétés ; je le crois bien, celles où vous avez vécu étaient les moins propres à vous rendre heureuse ; vous n'y trouviez personne en qui vous puissiez prendre cette confiance qui soulage. Comment l'auriez-vous trouvée parmi des gens tout occupés d'eux seuls, à qui vous demandiez dans leur cœur la première place, et qui n'en ont pas même une seconde à donner ? Vous vouliez briller, vous vouliez primer, et vouliez être aimée ; ce sont des choses incompatibles. Il faut opter. Il n'y a point d'amitié sans égalité, et il n'y a jamais d'égalité reconnue entre gens à prétentions. Il ne suffit pas d'avoir besoin d'un ami pour en trouver, il faut encore avoir de quoi fournir aux besoins d'un autre. Parmi les provisions que vous avez faites, vous avez oublié celle-là.

La marche par laquelle vous avez acquis des connaissances n'en justifie ni l'objet, ni l'usage. Vous avez voulu paraître philosophe ; c'était renoncer à l'être ; et il valait beaucoup mieux avoir l'air d'une fille qui attend un mari, que d'un sage qui attend de l'encens. Loin de trouver le bonheur dans l'effet des soins que vous n'avez donnés qu'à la seule apparence, vous n'avez trouvé que des biens apparents et des maux véritables.

L'état de réflexion où vous vous êtes jetée vous a fait faire incessamment des retours douloureux sur vous-même ; et vous voulez pourtant bannir ces idées par le même genre d'occupation qui vous les donna.

Vous voyez l'erreur de la route que vous avez prise, et, croyant en changer par votre projet, vous allez encore au même but par un détour. Ce n'est point pour vous que vous voulez revenir à l'étude, c'est encore pour les autres. Vous voulez faire des provisions de connaissances pour suppléer dans un autre âge à la figure : vous voulez substituer l'empire du savoir à celui des charmes.

Vous ne voulez pas devenir la complaisante d'une autre femme, mais vous voulez avoir des complaisants. Vous voulez avoir des amis, c'est-à-dire une cour : car les amis d'une femme jeune ou vieille sont toujours ses courtisans ; ils la servent ou la quittent, et vous prenez de loin des mesures pour les retenir, afin d'être toujours le centre d'une sphère, petite ou grande. Je crois sans cela que les provisions que vous voulez faire seraient la chose la plus inutile pour l'objet que vous croyez bonnement vous proposer. Vous voudriez, dites-vous, vous mettre en état d'entendre les autres. Avez-vous besoin d'un nouvel acquis pour cela ? Je ne sais pas au vrai quelle opinion vous avez de votre intelligence actuelle ; mais dussiez-vous avoir pour amis des Œdipes, j'ai peine à croire que vous soyez fort curieuse de jamais entendre les gens que vous ne pouvez entendre aujourd'hui. Pourquoi donc tant de soins pour obtenir ce que vous avez déjà ? Non, Henriette, ce n'est pas cela ; mais, quand vous serez une sibylle, vous voulez prononcer des oracles ; votre vrai projet n'est pas tant d'écouter les autres que d'avoir vous-même des auditeurs. Sous prétexte de travailler pour l'indépendance, vous travaillez encore pour la domination. C'est ainsi que, loin d'alléger le poids de l'opinion qui vous rend malheureuse, vous voulez en aggraver le joug. Ce n'est pas le moyen de vous procurer des réveils plus sereins.

Vous croyez que le seul soulagement du sentiment pénible qui vous tourmente est de vous éloigner de vous. Moi, tout au contraire, je crois que c'est de vous en rapprocher.

Toute votre lettre est pleine de preuves que jusqu'ici l'unique but de toute votre conduite a été de vous mettre avantageusement sous les yeux d'autrui. Comment, ayant réussi dans le public autant que personne, et en rapportant si peu de satisfaction intérieure, n'avez-vous pas senti que ce n'était pas là le bonheur qu'il vous fallait, et qu'il était temps de changer de plan ? Le vôtre peut être bon pour la gloire, mais il est mauvais pour la félicité. Il ne faut point chercher à s'éloigner de soi, parce que cela n'est pas possible, et que tout nous y ramène malgré que nous en ayons. Vous convenez d'avoir passé des heures très douces en m'écrivant et me parlant de vous. Il est étonnant que cette expérience ne vous mette pas sur la voie, et ne vous apprenne pas où vous devez chercher, sinon le bonheur, au moins la paix.

Cependant, quoique mes idées en ceci diffèrent beaucoup des vôtres, nous sommes à peu près d'accord sur ce que vous devez faire. L'étude est désormais pour vous la lance d'Achille, qui doit guérir la blessure qu'elle a faite. Mais vous ne voulez qu'anéantir la douleur, et je voudrais ôter la cause du mal. Vous voulez vous distraire de vous par la philosophie ; moi, je voudrais qu'elle vous détachât de tout, et vous rendît à vous-même. Soyez sûre que vous ne serez contente des autres que quand vous n'aurez plus besoin d'eux, et que la société ne peut vous devenir agréable qu'en cessant de vous être nécessaire. N'ayant jamais à vous plaindre de ceux dont vous n'exigerez rien, c'est vous alors qui leur serez nécessaire ; et, sentant que vous vous suffisez à vous-même, ils vous sauront gré du mérite que vous voulez bien mettre en commun. Ils ne croiront plus vous faire grâce ; ils la recevront toujours. Les agréments de la vie vous rechercheront par cela seul que vous ne les rechercherez pas ; et c'est alors que, contente de vous sans pouvoir être mécontente des autres, vous aurez un sommeil paisible et un réveil délicieux.

Il est vrai que des études faites dans des vues si contraires ne doivent pas beaucoup se ressembler, et il y a bien de la différence entre la culture qui orne l'esprit et celle qui nourrit l'âme. Si vous aviez le courage de goûter un projet dont l'exécution vous sera d'abord très pénible, il faudrait beaucoup changer vos directions. Cela demanderait d'y bien penser avant de se mettre à l'ouvrage. Je suis malade, occupé, abattu, j'ai l'esprit lent, il me faut des efforts pénibles pour sortir du petit cercle d'idées qui me sont familières, et rien n'en est plus éloigné que votre situation. Il n'est pas juste que je me fatigue à pure perte ; car j'ai peine à croire que vous vouliez entreprendre de refondre, pour ainsi dire, toute votre constitution morale. Vous avez trop de philoso-

phie pour ne pas voir avec effroi cette entreprise. Je déses-
pérerais de vous, si vous vous y mettiez aisément. N'allons
donc pas plus loin quant à présent ; il suffit que votre
principale question est résolue : suivant la carrière des
lettres, il ne vous en reste plus d'autre à choisir.

Ces lignes que je vous écris à la hâte, distrait et souffrant,
ne disent peut-être rien de ce qu'il faut dire ; mais les erreurs
que ma précipitation peut m'avoir fait faire ne sont pas
irréparables. Ce qu'il fallait, avant toute chose, était de vous
faire sentir combien vous m'intéressez ; et je crois que vous
n'en douterez pas en lisant cette lettre. Je ne vous regardais
jusqu'ici que comme une belle penseuse qui, si elle avait
reçu un caractère de la nature, avait pris soin de l'étouffer,
de l'anéantir sous l'extérieur, comme un de ces chefs-d'œuvre
jetés en bronze, qu'on admire par les dehors et dont le
dedans est vide. Mais si vous savez pleurer encore sur votre
état, il n'est pas sans ressource ; tant qu'il reste au cœur
un peu d'étoffe, il ne faut désespérer de rien.

JEAN-JACQUES ROUSSEAU.

IV. — SECONDE LETTRE D'HENRIETTE A J.-J. ROUSSEAU,

A MOTIERS-TRAVERS.

Paris, Octobre 1764.

Monsieur,

Je suis trop sensible à la bonté que vous avez eue de me
répondre pour ne pas vous en faire mes remerciements.
J'aurais plus tôt cédé au désir que j'en avais, si le malheur
qui me poursuit toujours, en me jetant dans de nouveaux
embarras, ne m'en eut ôté le temps, et même la facilité de
penser à ce que je voulais vous dire.

Je profite du premier moment de liberté dont je jouis.
L'intérêt de connaître le projet que vous semblez avoir eu
envie de me proposer se joint encore à ma reconnaissance
pour m'enhardir à vous écrire une seconde fois. Je demande
comme permission de vous réclamer l'explication de l'expression dont vous vous servez : « N'allons donc pas plus loin
quant à présent... ».

J'ose donc espérer que dans un autre moment où vos

occupations et votre santé vous le permettront, vous voudrez bien me développer vos vues à ce sujet. Mais, avant de vous supplier de m'accorder cette grâce, je dois vous rassurer, Monsieur, contre les soupçons que vous avez pris. Je n'ai point cherché à vous donner le change sur rien, je suis très véritablement ce que je vous ai dit que j'étais, une simple fille demeurant bien réellement à Paris, et si je n'ai signé que le nom d'Henriette, c'est moins à cause de vous que je n'ai pas mis mon nom que par la crainte des hasards que courait ma lettre.

Pour peu que vous désiriez cette marque de confiance, je suis prête à vous la donner. Mais, comme je vous l'ai dit, je n'ai point l'honneur d'être connue de vous, je ne connais même personne des amis et des sociétés que vous aviez ici.

D'après la lecture de vos ouvrages, je vous ai vu avec un caractère, un cœur, un ton, un air qui m'ont inspiré le désir et la confiance de vous consulter. Pour le faire, je n'ai pris conseil que de moi et me garde là-dessus le secret, conséquemment je le garde sur votre réponse.

Quand je n'aurais pas cette raison de ne vouloir point instruire le public de choses qui me sont aussi particulières que celles que je vous ai écrites, je craindrais d'abuser de la complaisance et de la bonté que vous avez eues de me répondre, si je parlais sans votre consentement. Je sais que tout ce qui vient de vous n'est jamais reçu avec indifférence, qu'on en juge presque toujours avec un esprit de parti, et que l'envie, la prévention, l'entêtement font trouver nature à contestation sur des choses qu'on trouverait très claires et très justes, si le jugement était moins attiré par la passion.

Je ne veux et ne puis donc faire qu'un usage particulier et personnel de ce que vous voudrez bien me répondre.

Quoique vous m'annonciez ce projet, Monsieur, comme devant m'effrayer, et comme exigeant beaucoup de courage, je ne me sens pas cependant disposée à l'effroi, parce que vous me dites aussi d'autres choses qui me rassurent contre celles que je craindrais le plus. Vous me parlez, il est vrai, de commencer par refondre toute ma constitution morale, et ce commencement seul, sans en savoir la fin, devrait suffire pour me décourager, si dans l'explication que j'attends je n'espérais trouver par où me sauver.

Enfin, Monsieur, je désire beaucoup tout savoir et je ne crains rien, pourvu que vous ne m'ôtiez pas tout ce qui peut me distraire de ce sentiment pénible et profond qui me suit partout, et que vous ne me rameniez pas trop près de moi-même. Je pourrais craindre que ce ne fut là votre idée, par la conséquence que vous tirez de l'aveu que je vous ai fait que j'avais passé des heures plus douces en vous écrivant. Cette conséquence n'aura plus lieu, si vous voulez bien faire attention que ce n'est point, comme vous le croyez, parce que je vous parlais de moi ; c'est parce que je vous parlais à vous, et que j'étais fort occupée de ce que je vous exprimais les mêmes idées dont je me pénétrais, en vous écrivant.

Si je m'en fusse pénétrée vis-à-vis de moi seule, et sans avoir de but, cela n'aurait certainement fait que ranimer ce sentiment douloureux de ma situation, au lieu qu'occupée de vous les dire, il fallait aussi songer à la manière de vous les rendre, ce qui faisait diversion à la tristesse qui les accompagnait. Je ne vous perdais pas un moment de vue, je vous voyais toujours à l'autre coin de ma cheminée, et cette vue me soutenait. Ce n'est donc pas ce qui me ramènera à moi-même, mais, au contraire, ce qui pourra m'en distraire, qui me rapprochera le plus de cette insensibilité et de ce calme que je cherche.

Quoiqu'il en soit, Monsieur, il me reste encore à vous parler de moi, ne voulant pas laisser d'équivoque sur ce que je vous ai déjà écrit. Ce n'est point à un homme du monde, c'est à un philosophe que j'écris. D'ailleurs, le but que je me suis proposé, lorsque j'ai commencé à vous écrire, la confiance que vous m'avez inspirée, tout me met hors de cette règle générale de bienséance qui oblige au silence sur son compte. Après cette petite supplication qui fait mon excuse, je vous demande donc encore grâce pour les nouveaux détails où je vais entrer.

Ce sera d'abord au sujet de l'opinion que vous paraissez avoir prise que je m'étais affichée : le grand attachement que je vous ai montré pour les occupations de l'esprit doit naturellement vous l'avoir fait prendre. Permettez-moi cependant de la détruire. Personne ne peut être moins affichée et par le ton que j'ai et par les gens que je vois. Je ne suis liée avec personne qui ait réputation d'esprit ; je connais même très peu de gens qui en aient, ou qui l'aient cultivé.

De cinquante personnes parmi lesquelles je circule, il n'y en a peut-être pas quatre qui, voulant parler de moi, en dirait quelque chose de plus que d'être une bonne fille. Je parle très peu en compagnie, je laisse toujours venir le tour des autres, je décide encore moins, je propose rarement mon opinion, encore est-ce avec un air timide parce que je le suis ; je l'abandonne dès qu'elle est mal reçue, sans cesser pour cela d'y tenir tout autant, et je ne mets pas la plus petite opposition au cours de cinquante impertinences et d'autant d'absurdités que j'entends tous les jours.

Voilà comme je suis dans la compagnie, Monsieur, et je crois que vous conviendrez que ce n'est pas là s'afficher. En outre, je vous assure que je ne fais cas des choses de l'esprit que comme de quelque chose sur quoi on rabat beaucoup, faute de mieux. Avec un sens droit, un cœur véritablement bon et honnête, de la sensibilité et de la délicatesse, je crois non seulement qu'on ne peut jamais être un sot, parce que l'intelligence du cœur est beaucoup plus utile aux autres que celle de l'esprit, et va beaucoup plus loin dans toutes les choses d'égard et de bonté, mais je pense encore qu'on est fait pour être aimé et recherché de tout le monde.

Vous le savez, Monsieur, si on trouve beaucoup de ces caractères, il est bien plus commun de manquer d'âme que de manquer d'esprit, et c'est pourquoi s'il y a tant de sots dans le monde, il est si rare de rencontrer une âme. Toutes celles qu'on cherche à connaître, on les trouve si petites, si étroites, si resserrées en elles-mêmes qu'on revient toujours sur ses pas avec dégoût.

Je ne cherche pas non plus à faire l'homme : il me paraît égal d'être homme ou femme, pourvu qu'on soit heureux. Je me suis seulement considérée comme être isolé : Me voyant éloignée de la première destination que la nature m'avait donnée, j'ai cru pouvoir faire une entière abstraction des sexes, puisque je n'avais la charge d'aucun à remplir.

J'ai dit : Me voilà, j'existe, je ne sais pas pourquoi, et la société, qui n'a rien fait de moi, et qui me laisse là pour mon compte, doit me laisser aussi le droit d'ordonner de moi comme il me conviendra, et d'exister à ma façon, puisque je n'existe point pour elle. Or, il me convient de chercher l'existence la moins pénible, et sans m'embarrasser s'il y a des hommes, s'il y a des femmes, quelles vertus et quelles occupations ils se sont départis chacun, je tâche en général d'acquérir le plus de vertus que je puis, je prends les occupations qui peuvent convenir le mieux au bien-être que je voudrais me procurer, et laissant à part le préjugé qui ne peut me servir à rien, si je préfère la société de certains hommes à celle des femmes, c'est seulement parce que leurs défauts s'accordent mieux avec les miens, que je m'ennuie moins avec eux, en un mot que j'ai moins à souffrir.

Ce que je vous dis là, Monsieur, je me contente de le penser, je n'ai jamais frondé tout haut aucun préjugé : quelques prudes pourraient tout au plus le soupçonner, mais que me fait leur opinion ; leurs suffrages pourraient-ils jamais me dédommager du sacrifice que je leur ferais ? Leurs louanges seraient un ennui de plus.

Ce qui fait que vous me supposez encore les mêmes motifs de vanité que j'ai eus anciennement, c'est que je n'ai peut-être pas assez distingué ces deux temps du passé et du présent : ils sont séparés par un autre où les malheurs les plus sensibles au cœur m'ont détachée de tous les petits intérêts de l'orgueil. Ils m'ont appris qu'il n'y a que les objets propres et immédiats du cœur qui puissent lui procurer une satisfaction réelle.

Ainsi, j'ai été conduite par le sentiment à connaître la faiblesse et le vide de tout ce qui ne flatte que la vanité ; la réflexion dans la suite m'en a convaincue. Les peines vives et cruelles dont j'ai conservé un si profond et si long souvenir, en m'ôtant pour ainsi dire la faculté de penser, m'ont entièrement abandonnée à celle de sentir. L'habitude que j'en ai prise paraît avoir accru et multiplié ma sensibilité naturelle. J'ai le sentiment beaucoup plus prompt et plus actif que l'esprit ; je sens tout et pense peu de chose.

Cette sensibilité me rend très malheureuse, parce qu'elle me fait apercevoir mille choses qui m'échapperaient sans elle, et, me rendant difficile, rien de ce que je trouve ne me convient, et ne me plaît assez pour m'arrêter, ou ce qui me plairait n'est pas en mon pouvoir. Faite pour tenir à quelque chose, toujours poussée par une volonté forte, et sans cesse repoussée par le mensonge, le vide ou le défaut des choses, mon âme est toujours dans un mouvement qui ne lui laisse aucun repos. C'est pour m'arracher à moi-même, c'est pour

5

m'étourdir sur ce sentiment intérieur, c'est pour y faire distraction que je désire revenir à l'étude, mais ce n'est poiut
pour briller, pour l'emporter sur les autres, et pour me
faire une réputation, rien n'est plus éloigné de mes vues.

Il est vrai que j'ai dit que je découvrais dans ce projet un
autre avantage, celui de me faciliter la société de quelques
personnes qui me connussent. Comme il y en a très peu qui
me plaisent assez pour me trouver bien avec elles, et que je
ne suis point à portée, par mon état, ma fortune, ma situation, de les choisir, j'ai regardé comme un avantage d'être
telle qu'elles pussent désirer elles-mêmes ma société, et me
choisir tout isolée que je suis, et dépourvue de ces dehors
qui attirent et décident ordinairement les hommes.

Je conviens que dans tout cela il peut bien y avoir de
l'orgueil et de l'amour-propre, et je ne nie point que je n'en
aie beaucoup, mais je crois pouvoir assurer qu'il n'est pas
pour cela le motif qui me détermine. Il est tout au plus
accessoire ou accidentel. Mon premier motif est de pouvoir
faire quelque chose de la vie qui n'a fait que m'embarrasser
jusqu'à présent.

Apprenez-moi à vivre, Monsieur, je vous en prie, c'est-à-
dire apprenez-moi les moyens qui peuvent me rapprocher
le plus du bonheur. Mais, comme il n'y a point de bonheur
absolu, qu'il est relatif aux goûts, aux inclinations et aux
passions, je suis entrée dans les détails que j'ai cru nécessaires pour vous mettre à portée de juger du parti que je
peux tirer de ma façon d'être.

Si j'abuse encore de votre bonté et de votre patience,
Monsieur, excusez-moi, je suis si peu en état de mettre de
l'ordre dans mes idées, mon esprit est si souvent mis en
arrêt par d'importuns souvenirs, il est si enveloppé de
réflexions accablantes, que ce n'est qu'avec effort que je
puis m'occuper d'autre chose que des cruelles discussions
où m'a jetée depuis quatre mois une mort à laquelle je ne
devais pas m'attendre.

Comme je ne sais encore quand elles finiront, je craindrais qu'un plus long délai, en vous laissant croire que j'ai
été peu sensible à votre bonté, ne me privât des conseils
que je désire si fort, et que j'attends avec tant d'impatience.
Ils arriveront peut-être au moment où ils me seront dou-
blement utiles, au sortir d'une crise violente, où mes forces

comme épuisées me rendront à mes incertitudes, à mes ennuis, à un plus grand abattement.

L'expérience que je fais encore aujourd'hui de la mauvaise foi, de l'avarice et de tout ce qu'on peut trouver d'affligeant dans le cœur humain, ne peut qu'aigrir davantage les maux d'une âme déjà malade.

Ayez pitié d'elle, Monsieur, et montrez-moi la route qui peut conduire *sinon au bonheur, au moins à la paix du cœur,* qui, comme vous le dites, n'en est pas loin. Je crois *qu'il reste encore un peu d'étoffe* au mien, n'en désespérez point, le bien que vous lui aurez procuré sera la récompense de votre peine. Je ne vous parle point de ma reconnaissance, elle sera pour moi un sentiment trop doux pour que je veuille m'en faire un mérite.

J'ai l'honneur d'être...

HENRIETTE.

V. — RÉPONSE DE J.-J. ROUSSEAU
A LA SECONDE LETTRE D'HENRIETTE.

Motiers, le 4 novembre 1764.

Si votre situation, Mademoiselle, vous laisse à peine le temps de m'écrire, vous devez concevoir que la mienne m'en laisse encore moins pour vous répondre. Vous n'êtes que dans la dépendance de vos affaires et des gens à qui vous tenez ; et moi je suis dans celle de toutes les affaires et de tout le monde, parce que chacun, me jugeant libre, veut par droit de premier occupant disposer de moi.

D'ailleurs, toujours harcelé et toujours souffrant, accablé d'ennuis et dans un état pire que le vôtre, j'emploie à respirer le peu de moments qu'on me laisse ; je suis trop occupé pour n'être pas paresseux. Depuis un mois je cherche un moment pour vous écrire à mon aise : ce moment ne vient point ; il faut donc vous écrire à la dérobée, car vous m'intéressez trop pour vous laisser sans réponse. Je connais peu de gens qui m'attachent davantage, et personne qui m'étonne autant que vous.

Si vous avez trouvé dans ma lettre beaucoup de choses qui ne cadraient pas à la vôtre, c'est qu'elle était écrite pour une autre que vous. Il y a dans votre situation des rapports si frappants avec celle d'une autre personne, qui précisément était à Neuchâtel quand je reçus votre lettre, que je ne doutai point que cette lettre ne vînt d'elle ; et je pris le change dans l'idée qu'on cherchait à me le donner (1).

Je vous parlai donc moins sur ce que vous me disiez de votre caractère, que sur ce qui m'était connu du sien. Je crus trouver dans sa manière de s'afficher, car c'est une savante et un bel esprit en titre, la raison du malaise intérieur dont vous me faisiez le détail : Je commençai par attaquer cette manie, comme si c'eut été la vôtre, et je ne doutai point qu'en vous ramenant à vous-même, je ne vous rapprochasse du repos, dont rien n'est plus éloigné, selon moi, que l'état d'une femme qui s'affiche.

Une lettre faite sur un pareil quiproquo doit contenir bien des balourdises. Cependant il y avait cela de bon dans mon erreur, qu'elle me donnait la clef de l'état moral de celle à qui je pensais écrire ; et sur cet état supposé, je croyais entrevoir un projet à suivre pour vous tirer des angoisses que vous me décriviez, sans recourir aux distractions qui, selon vous, en sont le seul remède, et qui, selon moi, ne sont pas même un palliatif.

Vous m'apprenez que je me suis trompé, et que je n'ai rien vu de ce que je croyais voir. Comment trouverais-je un remède à votre état, puisque cet état m'est inconcevable ? Vous m'êtes une énigme affligeante et humiliante. Je croyais connaître le cœur humain, et je ne connais rien au vôtre. Vous souffrez et je ne puis vous soulager

Quoi ! Parce que rien d'étranger à vous ne vous contente vous voulez vous fuir ; et, parce que vous avez à vous plaindre des autres, parce que vous les méprisez, qu'ils vous en ont donné le droit, que vous sentez en vous une âme digne d'estime, vous ne voulez pas vous consoler avec elle du mépris que vous inspirent celles qui ne lui ressemblent pas ? Non, je n'entends rien à cette bizarrerie, elle me passe.

Cette sensibilité qui vous rend mécontente de tout ne

_____

(1) Cette méprise de Rousseau vient de ce que la personne pour laquelle il avait rédigé sa lettre du 7 mai, (publiée plus haut), et celle à laquelle il répond ici, portaient toutes deux le même nom. Rien, d'ailleurs, n'a pu nous faire connaître l'une ou l'autre. (Musset-Pathay).

devait-elle pas se replier sur elle-même ? Ne devait-elle pas nourrir votre cœur d'un sentiment sublime et délicieux d'amour-propre ? N'a-t-on pas toujours en lui la ressource contre l'injustice et le dédommagement de l'insensibilité ? Il est si rare, dites-vous, de rencontrer une âme. Il est vrai ; mais comment peut-on en avoir une, et ne pas se complaire avec elle ? Si l'on sent, à la sonde, les autres étroites et resserrées, on s'en rebute, on s'en détache ; mais après s'être si mal trouvé chez les autres, quel plaisir n'a-t-on pas de rentrer dans sa maison ?

Je sais combien le besoin d'attachement rend affligeante aux cœurs sensibles l'impossibilité d'en former ; je sais combien cet état est triste : mais je sais qu'il a pourtant des douceurs ; il fait verser des ruisseaux de larmes ; il donne une mélancolie qui nous rend témoignage de nous-mêmes, et qu'on ne voudrait pas ne pas avoir ; il fait rechercher la solitude comme le seul asile où l'on se retrouve avec tout ce qu'on a raison d'aimer.

Je ne puis pas trop vous le redire, je ne connais ni bonheur ni repos dans l'éloignement de soi-même : et, au contraire, je sens mieux, de jour en jour, qu'on ne peut être heureux sur la terre qu'à proportion qu'on s'éloigne des choses et qu'on se rapproche de soi. S'il y a quelque sentiment plus doux que l'estime de soi-même, s'il y a quelque occupation plus aimable que celle d'augmenter ce sentiment, je puis avoir tort ; mais voilà comme je pense : Jugez sur cela s'il m'est possible d'entrer dans vos vues, et même de concevoir votre état.

Je ne puis m'empêcher d'espérer encore que vous vous trompez sur le principe de votre malaise, et qu'au lieu de venir du sentiment qui réfléchit sur vous-même, il vient au contraire de celui qui vous lie encore à votre insu aux choses dont vous vous croyez détachée, et dont peut-être vous désespérez seulement de jouir. Je voudrais que cela fût, je verrais une prise pour agir ; mais, si vous accusez juste, je n'en vois point.

Si j'avais actuellement sous les yeux votre première lettre, et plus de loisir pour y réfléchir, peut-être parviendrais-je à vous comprendre, et je n'y épargnerais pas ma peine, car vous m'inquiétez véritablement ; mais cette lettre est noyée dans des tas de papiers ; il me faudrait pour la retrouver plus de temps qu'on ne m'en laisse ; je suis forcé de renvoyer cette recherche à d'autres moments.

Si l'inutilité de notre correspondance ne vous rebutait pas de m'écrire, ce serait vraisemblablement un moyen de vous entendre à la fin. Mais je ne puis vous promettre plus d'exactitude dans mes réponses que je ne suis en état d'y en mettre ; ce que je vous promets et que je tiendrai bien, c'est de m'occuper beaucoup de vous et de ne vous oublier de ma vie.

Votre dernière lettre, pleine de traits de lumière et de sentiments profonds, m'affecte encore plus que la précédente. Quoi que vous en puissiez dire, je croirai toujours qu'il ne tient qu'à celle qui l'a écrite de se plaire avec elle-même, et de se dédommager par là des rigueurs du sort.

JEAN-JACQUES ROUSSEAU.

VI. — TROISIÈME LETTRE D'HENRIETTE A J.-J. ROUSSEAU.

Paris, mars 1765.

Quand j'ai reçu votre lettre, Monsieur, j'étais malade ; il y avait plusieurs jours que j'étais dans la solitude, la souffrance, le désœuvrement, et par conséquent plus livrée encore à cette tristesse que le mal ne donne pas le courage de vaincre. Le plaisir sensible que m'a causé votre souvenir et la promesse que vous voulez bien me faire de répondre encore aux lettres que je pourrais vous écrire, a réveillé mon âme et l'a sortie de ces sombres nuages qui la tenaient enveloppée.

L'espérance de parvenir par vos conseils à cette paix du cœur que je désire si fort, semble avoir raccourci cet espace immense qui est entre le bonheur et moi.

Je n'abuserai point de votre bonté, Monsieur, j'userai avec discrétion de la permission que vous me donnez ; quelque désir que j'aie de recevoir vos réponses, et quelque tardives qu'elles puissent être, je les attendrai sans jamais me croire en droit de me plaindre, trop contente que vous vouliez bien m'accorder quelques-uns des moments que vous donneriez à votre délassement.

Je les recevrai toujours avec reconnaissance et comme

une grâce. Donc, puisque vous me permettez, Monsieur, de vous parler encore de ma situation, je continuerai avec d'autant plus de confiance que je crains plus d'être pour vous *une énigme affligeante et humiliante*. Vous avez trouvé le principe des contradictions qui paraissent en moi ; vous espérez, dites-vous, Monsieur, qu'un sentiment secret me lie à mon insu aux objets dont je me crois détachée ; ce que je trouve en moi est à peu près cela.

Quand je me suis dite détachée, c'est seulement de toutes les choses qui ne sont pas ce que je voudrais, c'est de tous ces vains objets de la vanité et de l'opinion qui n'ont point de prise sur le cœur, qui ne peuvent ni l'intéresser ni le remplir, ni lui donner de l'action, qui le laissent là comme il est, qui peuvent bien être l'accessoire du bonheur, mais qui ne peuvent jamais en être l'élément essentiel.

J'ai interrogé mon cœur, je l'ai étudié, et je ne lui ai surpris aucun désir vers ces objets ; mais ce qui le tourmente, ce qui fait son supplice, c'est de n'avoir aucune raison de vivre, aucun lien véritable qui m'attache à la vie. N'être rien, ne tenir à rien, que rien ne tienne à moi, vivre en un mot sans savoir pourquoi, est un sentiment affreux que quelques moments d'illusion ont flatté, qui n'en est devenu que plus fort, qui m'accompagne toujours, que je fuis et que je retrouve à chaque instant. Ni fille, ni mère, ni épouse, je n'ai point de devoirs marqués qui déterminent mes actions, point d'intérêts qui m'animent et m'offrent un but.

Les attachements qui peuvent promettre un intérêt assez grand pour en faire trouver aux choses de cette vie, sont si difficiles à former ! Il est si aisé de se méprendre et si cruel de s'être trompée ! Avec de la fortune et du crédit, le plaisir de faire du bien et de servir les malheureux me paraît si capable de nourrir le cœur et de le pénétrer d'un sentiment si délicieux qu'on n'aurait pas besoin d'autre intérêt pour vivre ; le sort m'a privée de ces ressources, je ne suis bonne à rien, personne dans ce monde n'a besoin de moi. Je peux en partir quand je voudrai sans qu'on s'en aperçoive ; pourquoi donc y rester ? Je m'y embarrasse moi-même.

Voilà, Monsieur, la source de tous mes maux. Oui, la voilà, il n'en faut pas chercher une autre cause ; tout ce que j'ai dit dans mes précédentes lettres le prouve, et pour ne pas tomber dans les répétitions, je n'y ajouterai rien ici. En voilà toujours assez pour expliquer les contradictions apparentes qui sont en moi, et pourquoi m'aimant et m'estimant j'ai besoin de me fuir.

Quand je cherche à m'éloigner de moi, ce n'est pas de moi que j'estime, mais de moi contrariée, de moi privée des objets de ma volonté, de moi déchirée par mille pensées tristes, de moi modifiée par le sentiment de la douleur. Moi satisfaite, moi heureuse, je ne me fuirais pas, je me verrais avec plaisir, les autres me seraient aussi plus agréables, le sentiment du bonheur embellirait tout, car je n'ai jamais été moins difficile que lorsque j'ai été plus contente.

Ce n'est donc que cette privation d'intérêt à la vie qui remplit mon âme d'ennui et d'amertume. Hors de sa sphère et de son élément, elle est toujours mal à l'aise, et ne pouvant l'empêcher de le sentir, je m'étais proposée de suivre l'exemple de ce père de famille qui endormait ses enfants avec des contes, lorsqu'il n'avait rien à leur donner à manger. J'avais mis l'étude à la place des contes.

Si vous pensez toujours, Monsieur, que je me trompe dans le moyen que j'ai choisi, je n'insiste point et j'y renonce. Ce n'est point à l'étude que je tiens, mais seulement à l'effet que j'en avais espéré, et si vous pouvez me promettre le même effet par d'autres moyens moins pénibles, je les saisirai, ma paresse s'en accommodera mieux.

En m'engageant ainsi, j'ai l'espérance, Monsieur, que ceux que vous m'indiquerez ne m'obligeront pas de me rapprocher plus près de moi, à moins que vous ne me donniez en même temps un secret pour être avec moi sans me voir et sans me sentir. Mais comment m'abstraire de tout ce qui me pénètre et me modifie ?

Plus j'y réfléchis, et moins je comprends qu'il y ait un bonheur réel à se renfermer en soi. Il me semble que c'est un état contre nature, et par conséquent pénible et laborieux : On peut prendre ce parti dans la crainte de trouver pire, mais il n'en est pas moins un mal pour être un moindre mal, car enfin on a beau se plaire, on n'est pas fait pour vivre de sa propre substance, l'âme a beau se replier sur elle-même et se complimenter, elle n'en sent pas moins que ce qu'elle désire lui manque.

Je sais bien qu'il y a souvent un charme à être seul et

penser seul, mais ce charme se change bien vite en tristesse si l'on vient malheureusement à réfléchir qu'on ne pourra jamais que penser seul. Il faut que cela soit sans qu'on s'en aperçoive, et qu'il y ait au fond du cœur l'espérance qu'on pensera un jour avec un autre.

Cette expression *d'être bien avec soi et en sa compagnie* ne peut jamais signifier, je crois, que quand on n'est que soi seul on n'est pas seul, et qu'on est avec un autre soi-même, comme si on était double, et qu'on eut deux existences. Cela ne peut donc signifier autre chose, sinon d'être exempt de remords et de n'avoir point de reproche à se faire, d'être satisfait du compte qu'on se rend de ses intentions, de ses vues, de ses mouvements, de s'applaudir, de s'estimer : situation nécessaire au bonheur et sans laquelle il ne peut y en avoir un véritable.

Mais, cette estime de soi sera-t-elle seule le bonheur, et un bonheur assez grand pour nous rendre indifférents à la privation des objets de nos désirs et de nos goûts ? Il faudrait pour cela qu'elle les détruisît. Peut-elle aussi satisfaire aux mouvements du cœur ? Avec elle peut-on se suffire et être tout pour soi ? Le cœur est communicatif, il aime à se répandre, et comment peut-il se répandre en lui-même !

Comment un vase plein et bien fermé peut-il se reverser sur lui-même ? Si la liqueur est forte, le vase se brise. Il me semble que c'est un besoin de donner l'essor à ses idées, à ses mouvements, à ses sentiments, de leur faire prendre l'air, de les mettre en commun avec d'autres idées et d'autres sentiments. C'est même un moyen de fortifier ce qui est bon, d'épurer ou de retrancher ce qui est défectueux et mauvais, et d'acquérir encore. C'est dans ce commerce de la confiance et de l'amitié, ce délice des âmes, que l'esprit se rafraîchit et se repose, que l'âme se désaltère et reprend de nouvelles forces.

Je comprends bien qu'il faut s'aimer, puisqu'on s'aime nécessairement, et qu'il serait même impossible d'aimer quelque chose, si on ne s'aimait d'abord, mais parce que l'amour de soi est le principe de toutes nos autres affections, s'en suivrait-il que nous puissions nous tenir lieu des objets de ces autres affections ? Vouloir replier cet amour sur lui-même, ne serait-ce pas vouloir faire refluer un fleuve vers sa source ?

6

Enfin, Monsieur, il me semble qu'une âme n'est point faite pour se suffire, et s'aimer toute seule : Je crois qu'elle aime à aimer autre chose avec elle, et qu'elle se complaît bien plus dans l'attachement que lui porte une autre âme que dans celui qu'elle se porte à elle-même, lequel est nécessaire, et dont elle ne peut se trouver flattée.

Tout ce que je dis là, Monsieur, ce n'est assurément pas pour argumenter contre vous, mais afin qu'il ne me reste point d'objection qui n'ait eu sa réplique. J'ai autant d'envie d'avoir tort qu'un autre en aurait d'avoir raison. Mais, malgré mon envie, je sens que mes raisons ne peuvent être détruites que par d'autres plus fortes. La longue habitude de penser seule m'a attachée à mes idées, et voilà le malheur de les garder toujours pour soi et d'être obligée de les renfermer, elles s'échauffent, elles fermentent, elles prennent de la force, on raisonne de travers et personne ne vous le dit.

Oh ! Monsieur, si vous pouviez me convaincre que c'est véritablement par ma faute que je ne suis pas heureuse, et qu'il est encore temps de le devenir, ce serait déjà un acheminement à l'être !...

Je reprends enfin cette lettre que depuis deux mois un redoublement d'odieuses tracasseries m'a empêchée de finir. Que j'ai été malheureuse depuis ce temps, Monsieur ! Que la réflexion m'a rendu cruels des maux qui ne seraient que des maux si elle ne les rendait des tourments ! Que j'ai senti la tyrannie de ce sentiment intérieur dont je me plains ! Qu'il a surchargé la dose des ennuis et des dégoûts attachés au malheur d'avoir besoin des autres ! Obligée de me donner beaucoup de mouvement pour conserver un très médiocre état, il ne m'a jamais laissé voir pour but de tous mes soins qu'un mal évité, et rien d'acquit pour le bonheur.

Souvent ralentie par cette cruelle réflexion, incertaine, flottante, passant alternativement de l'horreur pour la dépendance à l'abattement qu'inspire l'impossibilité d'être jamais heureuse ; tantôt animée par l'intérêt de conserver ma liberté, tantôt découragée par l'idée que cette liberté ne m'est d'aucun usage, puisque je n'ai rien à faire, rien à voir, rien à entendre, rien à sentir, rien à éprouver qui intéresse assez mon cœur pour le rendre content, j'avais besoin pour retrouver de l'activité que des secousses vives d'indignation vinssent ranimer mon âme abattue.

Apprenez-moi donc, Monsieur, à me dégager d'un sentiment si tyrannique qui répand son poison sur tout, qui met à tout ce qui m'environne un double coloris de tristesse, qui ôte aux plaisirs leur douceur, qui donne aux peines plus d'amertume, et me fait plier sous leur poids.

Enseignez-moi le moyen de le vaincre, occupez-vous quelquefois, je vous en conjure, de quelqu'un à qui vous avez bien voulu promettre de ne pas l'oublier ; cette promesse m'a trop flattée pour ne pas chercher à vous la rappeler. Dites-moi des vérités dures si j'en mérite, tranchez dans le vif, enlevez toute la gangrène, et guérissez-moi : J'en ai l'espérance, et je crois aussi que par vos conseils je parviendrai à cette paix du cœur que je désire depuis si longtemps.

Que j'aurai de grâces à vous rendre, Monsieur, lorsque je l'aurai trouvée, et que je sentirai naître en moi cette première aurore du bonheur ! Mes jours sereins seront votre ouvrage, et ils seront tous marqués par la reconnaissance la plus vraie ; tant que vous me le permettrez, je n'aurai jamais de plus grande satisfaction que de vous en assurer.

J'ai l'honneur d'être...

HENRIETTE.

VII. — NOTE D'HENRIETTE.

J'attendis longtemps une réponse de M. Rousseau à cette dernière lettre, et n'en recevant point je ne savais que penser. Je me rappelais souvent cette promesse qui m'avait tant flattée que jamais il ne m'oublierait, mais elle ne me rassurait pas contre le peu d'importance de mon individu. Je ne connaissais personne qui eût des rapports avec lui, j'avais perdu celle qui s'était chargée de lui faire remettre ma première lettre, je ne pouvais me procurer un nouvel intermédiaire.

Enfin, les bruits publiés m'apprirent son départ de Motiers-Travers, mais non le lieu où il était. Différentes versions sur la cause de son émigration, mille histoires ridicules m'affligeaient. Ainsi, dans l'ignorance des vraies circonstances où il se trouvait, et du lieu qu'il habitait, je pris le parti d'attendre et d'être mieux instruite. Quand je le sus en Angleterre, je me proposai de lui écrire, mais les démêlés qu'il eût bientôt avec l'homme célèbre (1) auquel il s'était uni de société, achevèrent de me déconcerter. Il me paraissait si étrange qu'il eut pu se brouiller avec un homme qui avait une estime générale, et qu'il avait jugé lui-même digne de son amitié, que, sans ajouter foi à toutes les choses dont on l'accusait, j'étais bien tentée de le croire au moins bizarre et inconstant ; puisqu'il avait pu se brouiller avec un pareil homme, combien était-il plus naturel qu'il eût oublié Henriette. Je passai quelques années, sans pouvoir m'en procurer des nouvelles certaines, n'étant liée avec personne qui le connut.

Lorsqu'il fut de retour à Paris, j'eus beaucoup de regrets de n'avoir pu entretenir ma correspondance avec lui ; une liaison établie par lettres serait devenue tout naturellement plus particulière et plus suivie. Je mourais d'envie de le voir, mais comment m'y prendre ? J'entendais tous les jours citer des gens qu'il avait fort mal reçus, je ne le croyais pas, mais cela pouvait être. Enfin après avoir longtemps et inutilement cherché l'occasion de connaître quelqu'un de ses amis par qui le faire prévenir, je pris le parti de lui écrire tout simplement pour lui demander s'il voulait recevoir ma visite. Voici la réponse que je reçus.

VIII. — Troisième lettre de J.-J. Rousseau a Henriette.

(*Inédite*).

A Paris (vitam impendere vero) 17 $\frac{25}{10}$ 70.

Les orages, dont je suis battu depuis tant d'années, ont effacé de ma mémoire une multitude de souvenirs. Je me rappelle confusément le nom d'Henriette et ses lettres, mais ce n'est pas assez pour désirer de la voir jusqu'à ce qu'elle m'ait expliqué pleinement qui elle est, ce qu'elle me veut, pourquoi elle est demeurée si longtemps sans me donner aucun signe de vie, et pourquoi tout d'un coup elle s'avise de reparaître avec tant d'empressement.

Elle doit savoir que de funestes expériences m'ont appris

(1) David Hume.

à connaître les gens à qui j'ai affaire, et les moyens, si dignes d'eux, qu'ils emploient à me circonvenir.

Si Henriette est honnête, vertueuse, si elle a en horreur la fourberie et la duplicité, si elle est digne que je l'écoute, et que je m'intéresse à elle, qu'elle me donne tous les renseignements sur son compte que mon expérience et mes malheurs rendent nécessaires, et qu'elle attende ensuite que j'aie pris à loisir les informations qu'elle ne doit point redouter.

Leur effet, si j'en suis content, sera de revenir à elle de moi-même, et de faire auprès d'elle ce qu'elle fait aujourd'hui près de moi. Elle doit être sûre en pareil cas que je ne l'oublierai pas.

J'ai plus besoin d'amis qu'elle, mais je ne veux pas qu'ils me choisissent, c'est moi qui veux les choisir. Si nonobstant cette lettre, Henriette s'obstine à venir me voir parce que cela lui convient, sans s'embarrasser si cela me convient aussi, elle est jugée et je la refuse. Elle peut maintenant prendre le parti qui lui convient.

JEAN-JACQUES ROUSSEAU.

IX. — FIN DU MANUSCRIT D'HENRIETTE.

En lisant cette réponse, je sentais mon cœur se serrer et mes sens se glacer : Je restai pétrifiée. Cependant, après m'être remise, je compris que des chagrins multipliés, dont l'effet est d'aigrir l'esprit et de tenir en garde contre tout ce qu'on ne connait pas assez, l'avaient disposé à me confondre dans la classe de ses ennemis, ou dans celle de ceux qui ne le regardaient que comme un objet de curiosité, mais ce qui me faisait le plus de peine, c'était de penser que, par mon apparent oubli, j'avais pu ajouter à la somme des désagréments de sa vie. Pour ne pas augmenter sa résistance, je n'insistai point, et m'en remis au temps et à des circonstances plus heureuses.

J'en resterais là, et je n'aurais plus rien à dire, si celles qui ont à parcourir une carrière aussi ingrate que l'a été la mienne, n'en désiraient davantage. Jeunes infortunées,

portion de mon sexe la plus chère à mon cœur, j'entends
vos questions ; vous me demandez à quoi m'ont servi ces
lettres, quel bien j'en ai retiré, si je suis heureuse, comment
et par quels moyens, enfin tout ce que je demanderais moi-
même...

Eh ! pourquoi ne vous répondrais-je pas, et ne vous dirais-
je pas ce que vous avez intérêt de savoir ? J'en demande
pardon à mes autres lecteurs, mais je les préviens qu'ils
peuvent ne pas aller plus loin, que ceci n'est plus pour eux
que du bavardage.

Etant donc forcée de renoncer, au moins pour un temps,
à l'espérance de voir M. Rousseau, je cherchai à le retrouver
dans ses écrits. Une lecture plus assidue devint le supplé-
ment à sa conversation ; en le méditant, je causais pour ainsi
dire avec lui. Je lui faisais des questions, je lui demandais
des conseils, et je trouvais toujours la réponse dans le développement de ses principes et de ses maximes.

J'avais presque toujours entre les mains un in-12, où se
trouve recueilli tout ce qu'il a écrit et pensé sur les objets
les plus intéressants de l'humanité. Le chapitre du bonheur
a été plus particulièrement ma méditation journalière, des
années entières. Quand je me sentais agitée, troublée ou
abattue, j'allais aussitôt reprendre ma conversation avec lui,
et je ne le quittais pas que je n'eusse senti le calme revenir.

Jamais je n'ai manqué d'éprouver qu'il adoucissait l'amertume de mon cœur et me ramenait à des sentiments plus
doux.

Convaincue que la route la plus sûre pour arriver au
bonheur était celle de la vertu, je me suis attachée à m'y
renfermer ; j'ai d'abord cherché à revenir à la nature et à la
simplicité ; j'ai abandonné l'étude pour apprendre à devenir
meilleure ; mon guide ne me la conseillait point, quoi qu'on
pût le croire par la première lettre, mais, comme il le dit
dans la seconde, il pensait écrire à une autre ; il faisait peu de
cas du savoir, et ne croyait point qu'il put contribuer au
bonheur, surtout pour une femme. Mon expérience était
pour lui ; la science qu'il importait le plus d'acquérir était
celle qui devait m'apprendre à connaître mes devoirs, à
faire taire mes passions, à plier sous la nécessité, à borner
mes désirs à mes pouvoirs, à n'estimer les choses humaines

que ce qu'elles valent, enfin à quitter le monde imaginaire qui est infini pour le monde réel qui a ses bornes.

« Otez la force, la santé, le bon témoignage de soi, tous les biens de cette vie sont dans l'opinion. Otez les remords de la conscience et les douleurs du corps, tous nos maux sont imaginaires. » Voilà ce que mon maître et mon guide me répétait tous les jours.

J'avais cru jusqu'alors n'avoir point de devoir marqué à remplir parce que je n'étais ni épouse, ni mère, ni fille : Aveugle que j'étais ! Tant qu'il y a des malheureux à secourir, n'a-t-on pas des devoirs à remplir ?

« Philosophe d'un jour, dit-il, ignores-tu que tu ne saurais faire un pas sur la terre, sans trouver quelque devoir à remplir... Insensé, s'il te reste au fond du cœur le moindre sentiment de vertu, viens que je t'apprenne à aimer la vie... Va chercher quelque indigent à secourir, quelque infortuné à consoler, quelque opprimé à défendre... Si cette considération ne te retient pas, meurs, tu n'es qu'un méchant ! »

Vérité forte et pénétrante ! Quelle lumière elle a répandue sur mes ténèbres ! Quelle source abondante elle a présentée à mon cœur altéré !

Mais ma faiblesse ne me laissant pas le pouvoir de me redresser au milieu de tout ce qui me faisait courber, ne pouvant me mettre au-dessus de tous les sentiments pénibles qui m'affectaient, je me suis retirée à la campagne, il y a déjà plusieurs années, et chaque jour je me félicite d'avoir pris ce parti. Là, plus éloignée des objets qui réveillaient sans cesse mes peines, j'ai trouvé plus de facilité à les oublier, les bons effets de la réflexion y ont été moins affaiblis par le trouble des passions, j'y ai trouvé des objets qui, en intéressant ma sensibilité, l'ont partagée. En sentant plus pour les autres, j'ai moins senti pour moi. De vrais malheurs à secourir, des misères affreuses à soulager ont eu des droits sur mon cœur.

Il est certain qu'en voyant de près les maux des autres, et qu'en s'en pénétrant, qu'en s'occupant à les adoucir, on sent moins les siens propres, et bien peu les besoins de la vanité vis-à-vis de besoins aussi réels. J'ai peu de fortune, mais la campagne permet des économies presque impossibles dans les villes. Sachant me borner au nécessaire, peu touchée de ce qui ne tient qu'à la vanité, je trouve des ressources dans la privation de ces choses jugées nécessaires dans une certaine classe de gens, et qui en vérité ne sont qu'un superflu inutile.

Ces privations peu senties me procurent des jouissances qui le sont beaucoup. Quel plaisir peut égaler celui de sentir qu'on a fait le bien, de pouvoir s'en applaudir, sentiment délicieux qui, en pénétrant l'âme par tous les pores, est le vrai baume à tous les maux ? Je le répète, c'est dans le soin des malheureux qu'on trouve le plus sûr moyen de ne plus l'être, et il n'est pas de fortune, quelque resserrée qu'elle soit, qui ne le permette. A défaut d'argent, n'a-t-on pas des conseils, des consolations, en un mot son temps à leur donner ? Ne peut-on pas parler pour eux, intéresser pour eux, obtenir pour eux des autres ce qu'on ne peut faire soi-même ?

Voilà, chères et intéressantes compagnes d'infortune, les moyens que j'ai pris et que je crois les plus sûrs pour se rapprocher du bonheur. Vous en jugerez comme moi, lorsque vous aurez en partage mon existence actuelle et ce qu'elle a été. Je n'ai plus ces réveils si tristes et si déchirants ; me couchant toujours avec le désir de reprendre le matin les occupations de la veille, je revois le jour avec plaisir, surtout s'il est beau ; ayant des motifs pour tout ce que j'ai à faire, je m'y livre avec goût, au moins avec intérêt : Celui que j'ai pris pour les malheureux en a jeté sur les occupations les plus communes par les rapports d'utilité plus ou moins éloignés que j'y vois pour eux.

Tous les ouvrages ordinaires à mon sexe, qui m'étaient insipides, me présentent un appas comme moyens d'économie qui tournent à leur avantage, tout dans cette vue a un attrait pour moi. L'économie des choses et du temps est un motif puissant qui éloigne l'ennui et le dégoût : Mon existence ne m'embarrasse plus parce qu'elle est bonne à quelque chose ; je m'attache à la vie parce que je trouve à l'employer, je sens mon âme s'élever, et les maux inséparables de cette vie, qui pesaient sur ma tête, ne sont plus qu'à côté de moi.

Je n'ai pas besoin de ces plaisirs vains et bruyants, les plus simples me suffisent, les tableaux riants des campagnes valent mieux pour moi que les décorations des plus habiles machinistes. Aller à la promenade est pour moi aller à un spectacle, et un spectacle bien plus touchant parce qu'il est plus vrai ; il me fait naître mille idées qui font passer en mon cœur les impressions les plus douces.

Quand les personnes qui m'ont accordé quelque amitié viennent me voir, j'y suis sensible, je les reçois avec plaisir, mais lorsqu'elles me quittent, la liberté de reprendre mes occupations ne me laisse sentir que le plaisir de les avoir vues, sans regret de me trouver seule. Ne désirant plus rien assez fortement pour que le désir ou la privation tienne mon cœur dans cet état de trouble qui rend si malheureux, ce cœur est paisible et pardonne aisément tout le mal qu'on lui a fait, même tous les torts cruels qui, ayant causé si longtemps le malheur de ma vie, ont décidé de ma destinée. Ils seraient même oubliés, si quelquefois de nouveaux torts n'en rappelaient le pouvoir. Les premiers moments de sensibilité passés, à l'aide de quelques réflexions, le calme renaît, et tout tombe comme un sable au fond du vase ; tant qu'il n'est pas trop fortement remué, la liqueur reste claire et limpide.

Etant donc exempte de tout sentiment pénible habituel, je ne crains point d'être seule avec moi, de me revoir de près ; je puis rentrer en moi-même avec satisfaction, et trouvant en moi de quoi me consoler, le souvenir des peines passées, en m'arrachant encore quelques soupirs, n'est plus à mon cœur que comme des sons affaiblis sont à l'oreille qui les entend de loin.

Sans doute, il est encore quelques jours nébuleux que des contrariétés font naître ; notre faiblesse ne comporte pas une parfaite égalité, la seule influence des variations de l'air suffit pour déranger notre pauvre machine, pour nous disposer à la mélancolie. Alors, si un petit chagrin survient, c'est un tocsin qui réveille et rappelle les anciens, mais tout rentre facilement dans l'ordre quand nous nous sommes familiarisés avec ces vérités qui doivent régler notre conduite et nos mouvements ; lorsque, par l'habitude de vivre avec elles, elles se sont rendues maîtresses de notre tête, qu'elles y dominent, alors elles nous tiennent toujours un livre ouvert où nous trouvons sans effort toutes les idées nécessaires pour revenir à la raison, et rougir de notre faiblesse.

7

J'ai besoin d'avoir souvent les yeux sur ce livre ; les peines attachées à ma situation, aux circonstances où je me trouve, les contrariétés qu'entraîne mon habitation dans un lieu que j'ai choisi plus par raison que par goût, et où je me trouve liée une partie de l'année avec un monde dans lequel je ne vais plus et auquel il faut des sacrifices de temps et d'argent, toutes ces choses pour qu'elles ne deviennent point des chagrins, me rendent nécessaire l'attention à ce livre.

J'y trouve toujours que ces vanités ne nous affectent tant que parceque nous leur donnons trop d'importance ; que si nous savions les réduire à leur juste valeur, nous ne les regarderions que comme des misères, que c'est nous-mêmes qui faisons les trois quarts et demi de nos maux, en formant des désirs qui passent nos pouvoirs, en résistant à la nécessité, en vivant toujours dans l'opinion, et en nous rendant dépendants de ses jugements souvent si faux et si injustes.

Eh ! que nous importe tant cette opinion ! Si le bien que nous faisons est malignement interprété, l'en avons-nous moins fait ? En avons-nous moins dans le cœur la douce satisfaction de l'avoir fait ? Peut-elle nous ôter notre propre estime, et pourrait-elle jamais la remplacer, si nous avions le malheur de la perdre ?

J'y trouve encore qu'il n'est point de bonheur parfait ici-bas, qu'il est toujours mélangé de quelques peines, qu'il n'est point de fortune ni de rang qui en exempte, et que c'est en voulant être privilégié qu'on trouble celui qu'on a. J'y trouve enfin que si j'étais plus sage, je serais encore plus heureuse, que c'est ma faute si je ne le suis pas davantage, et ingratitude lorsque je suis tentée de n'être pas contente de mon lot.

Je sais que ce bonheur ferait peur à bien des gens, qui ne voient la félicité que dans la satisfaction de leurs désirs et de leurs passions, mais vous, que le malheur a déjà forcées ou forcera de réfléchir, vous en jugerez autrement ; vous verrez qu'il n'est et ne peut être que dans cette douce habitude d'un cœur content de soi ; ces petits combats journaliers que la vertu livre aux passions, ne vous effrayeront pas ; n'est-ce pas notre tâche à tous d'avoir toute la vie les passions de chaque âge à régler, et le plaisir ne suit-il pas toujours la victoire ?

Oui, jeunes infortunées, croyez en mon expérience, si vous voulez vous rapprocher du bonheur, la route la plus sûre est celle de la vertu. Restons dans l'ordre des choses et de la nature, ne cherchons pas à nous donner une autre existence que celle qu'elle nous a destinée; cherchons seulement à la perfectionner en travaillant à nous rendre meilleurs.

N'usons point la vie à des efforts inutiles, attendons du temps et des événements ce que nous désirons, car tout est changement et rien n'est durable, ni le bien, ni le mal. En voulant tout prévenir par des moyens hors de la règle, qui nous assurera que par là nous n'éloignons pas les circonstances heureuses qui naîtraient d'une autre conduite?

Le temps est court, hâtons-nous donc de le mettre à profit pour le bonheur. Reléguons d'abord les maux de l'opinion dans la classe des chimères, prenons volontiers notre part de ceux qui sont inséparables de cette vie, jouissons des biens avec reconnaissance, et nous trouverons toujours des plaisirs tant que nous aurons des cœurs droits, bons et honnêtes.

VENDOME

IMPRIMERIE F. EMPAYTAZ

VENDOME

IMPRIMERIE F. EMPAYTAZ

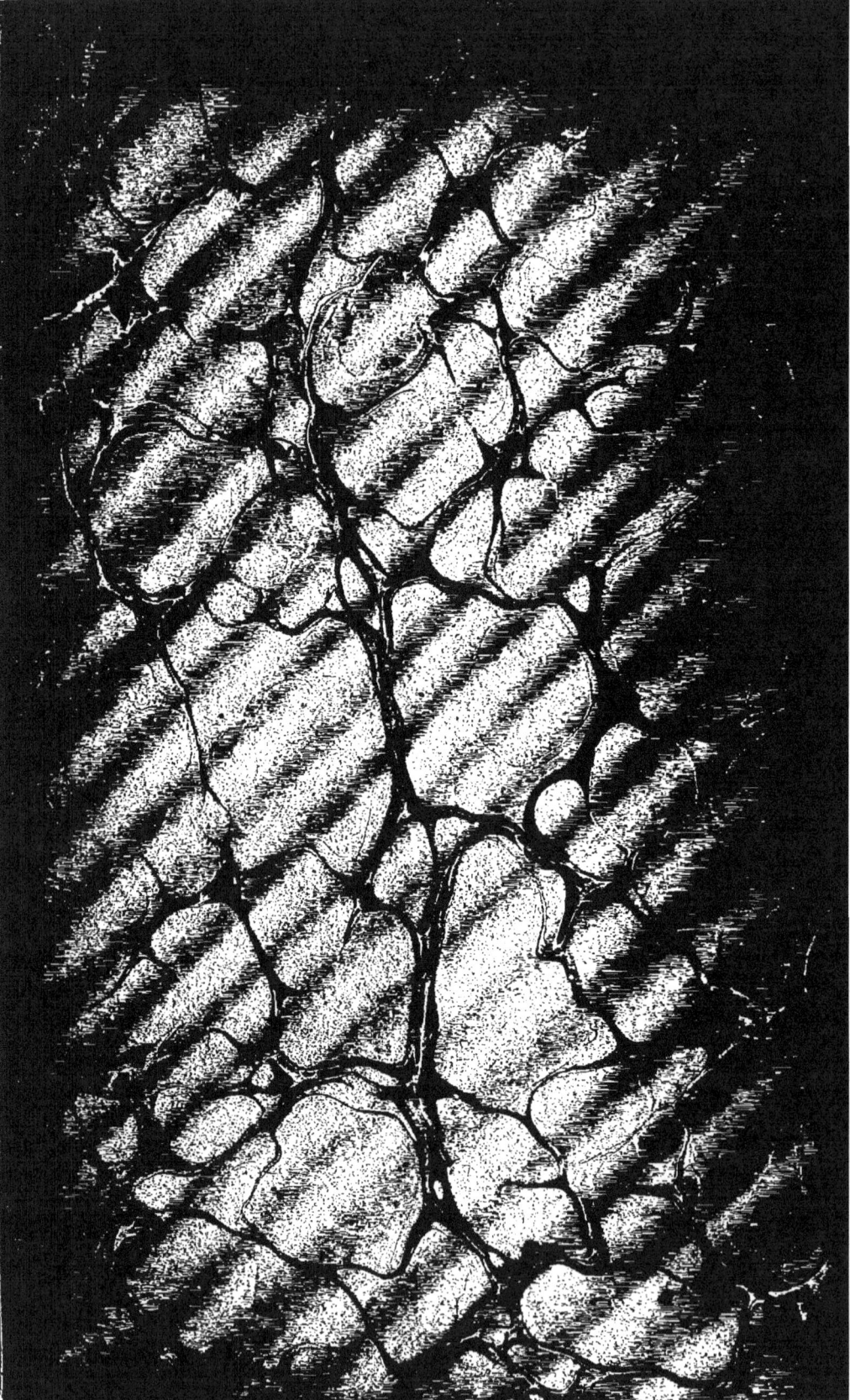

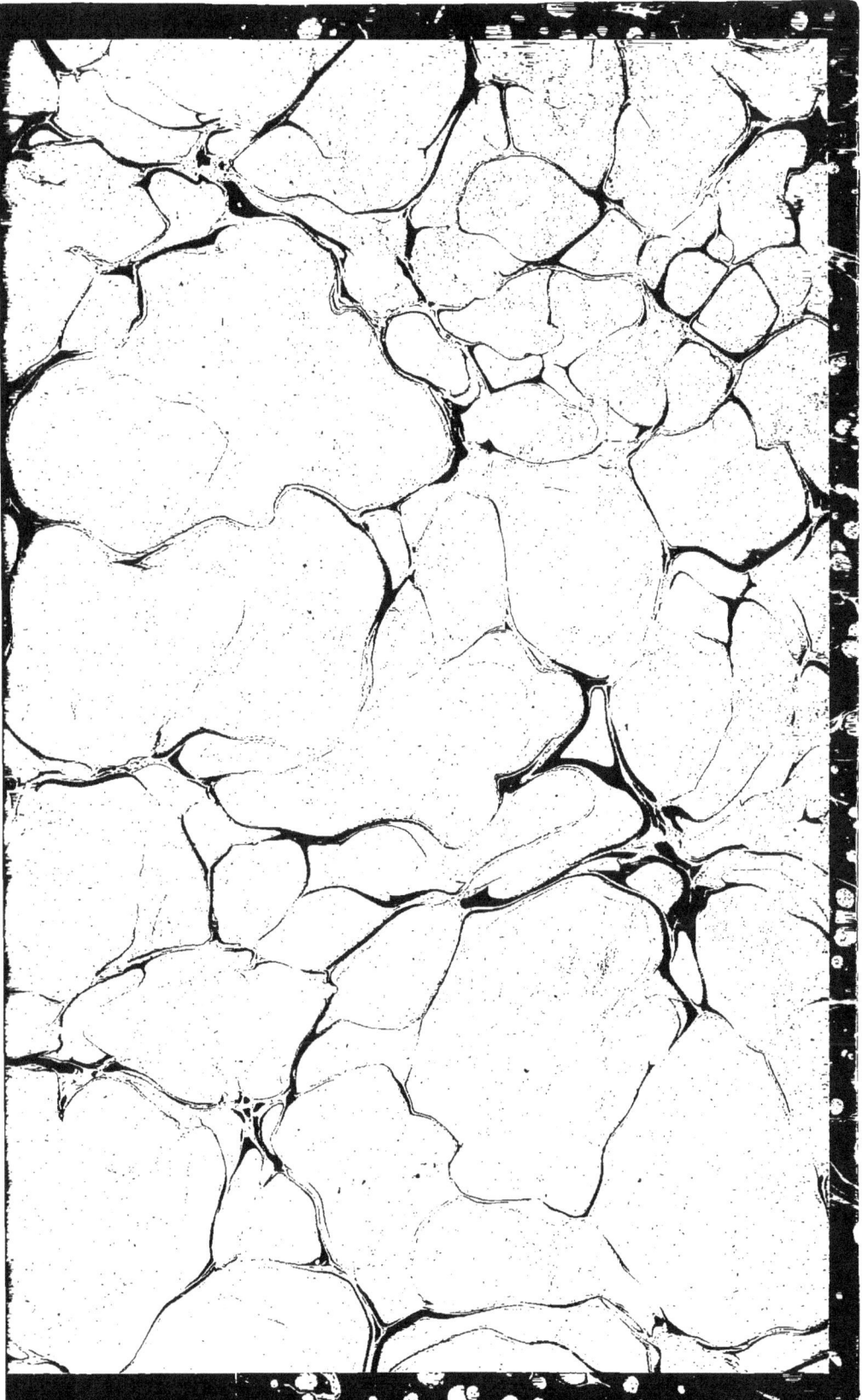